小説…JUMP j BOOKS
ぼくたちは勉《べん》強《きょう》ができない
非日常の例題集
原作：筒井大志
小説：はむばね

紹介《しょうかい》

あらすじ

父を亡くし質素な生活を送る唯我成幸は、大学の学費が免除になる〝特別VIP推薦〟を得るため、一ノ瀬学園が誇る三人の天才、理珠・文乃・うるかの〝教育係〟をすることに!!

今回は本編では読めない少し不思議な出来事が成幸たちに降りかかる……!?

ファンタジーだったり時代劇だったり、小さくなったり大きくなったり!? でも、どんな不思議な状況でもヒロインたちの恋心は変わらない!!

果たして恋模様の行方は……?

唯我成幸《ゆいが なりゆき》

CLASS:3-B

○Arts
○Science
×Athletic

凡人出の秀才。とびぬけた才能は無いものの、努力で常に上位の成績をキープする。学費免除の〝特別VIP推薦〟のため〝教育係〟を引き受ける。

緒方理珠《おがた りず》

CLASS:3-F

×Arts ◎Science
×Athletic

〝機械仕掛けの親指姫〟とよばれる理系の天才。人の感情にうとく文系科目は壊滅的。趣味のボードゲームで勝つため、人の心理を学ぼうと文系を志望する。

古橋文乃《ふるはし ふみの》

CLASS:3-A

◎Arts ×Science
○Athletic

〝文学の森の眠り姫〟とよばれる文系の天才。数式を見ると頭が真っ白になるほど理系科目は苦手。星に関わって生きたいため、理系を志望する。

We Never Learn Character & Story

武元《たけもと》うるか《うるか》

CLASS:3-D
×Arts ×Science
◎Athletic

”白銀の漆黒人魚姫“とよばれる水泳の天才。からっきし勉強はできないが、スポーツ推薦で必要なため、英語の勉強をすることに。中学の頃から成幸が好き。

桐須《きりす》真冬《まふゆ》

TEACHER
◎Pedagogy
× Home economics

一ノ瀬学園教師で理珠と文乃の初代”教育係“。二人に進路変更を勧めた。冷徹に見えてズボラな面も。

妹はフィギュアスケーターで本人も選手だった。

小美浪《こみなみ》あすみ《あすみ》

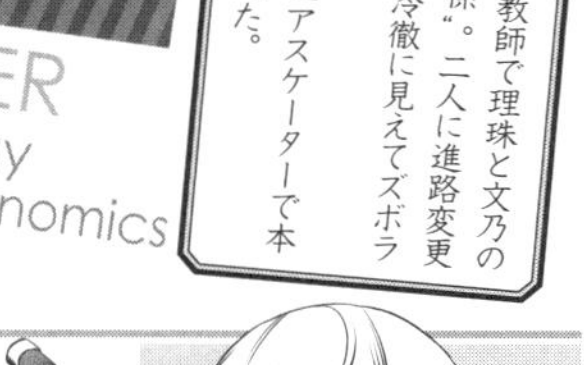

OG
×Science
○Service

一ノ瀬学園OG。病院を継ぐためメイドのバイトをしつつ浪人中。医学部志望だが理科全般が苦手。父にバイトを隠すため成幸と偽の恋人関係を演じる。

CONTENTS 目次《もくじ》

TITLE ぼくたちは勉《べん》強《きょう》ができない

非日常の例題集

原作 筒井大志　小説 はむばね

期せず[x]となった前任者は
接敵を避けんと奮闘する　9

先人は[x]として魔王たる彼へと迫る　67

切望した[x]を得た天才は喜びと共に
持てる者の苦悩もまた知る　129

忍ぶ天才たちは[x]を求め難攻不落に挑む　183

あとがき　258

ぼくたちは勉強ができない 非日常の例題集

期せず[x]となった前任者は
接敵を避けんと奮闘する

「ふぅ……」

タンッとパソコンのエンターキーを叩き、桐須真冬《きりすまふゆ》は小さく息を吐いた。

「完成……随分《ずいぶん》と遅い時間になってしまったわね」

ふと目を向けた先、時計の針は既《すで》に深夜と言って差《さ》し支《つか》えない時刻を指し示している。

机の上に鎮座《ちんざ》したパソコンの画面に表示されているのは、自身が担当する教科である世界史の小テストだ。他にも、細々とした事務処理などを片付けているうちにこんな時間になってしまっていた形である。

「あとは報告書の作成だけれど、あれは置き忘れてきてしまった資料も参照する必要があるし……明日、学校に資料を取りに行って……ええと……」

残った作業の算段について検討するも、イマイチ頭が働かない。

「……駄目ね。最近寝不足が続いていたし、流石《さすが》に辛いわ」

視界がボヤけてきたところで、考えるのをやめることにする。

「明日は休日だし、資料を取りに行くだけなら午後からでも十分……ゆっくりと眠って日頃の疲れを癒《いや》しましょう……」

呟《つぶや》きながら、ややフラつく足取りでベッドに向かう。

しかし、その途中でふと喉《のど》の渇きを覚えた。

「寝る前の水分補給は重要ね……何か、あったかしら……」

冷蔵庫まで足を運ぶのさえ億劫《おっくう》で、真冬はのろのろとした動作で周囲を見回す。

目につく物体は多い。主に、ゴミや床に散らばった本などだが。自身の教え子である唯《ゆい》我《が》成幸《なりゆき》が、前回片付けてくれたのはいつだったろうか。割と最近だったはずだが、いつの間にかまたこの惨状《さんじょう》となっていた。いや、これでも以前に比べれば小綺麗《こぎれい》な状態と言えるはずだ。恐らく。たぶん。相対的に考えれば。

「ん……？」

部屋の惨状については一先《ひとま》ず棚上げしながら目を走らせていた真冬の視界に、何かキラリと光るものが映った。透明な液体で満たされた瓶《びん》だ。どうやら、部屋の照明を反射したらしい。ゴミ袋の陰《かげ》に隠れるように転がっている。

「何だったかしら、これ……？」

拾って思案しようとするも、眠気で考えがまとまらない。

「まぁ、ちょうどいいわ……」

幸いにして、未開封。ならば、お腹《なか》を壊すこともないだろう。

そう考えて、真冬は瓶を開封して中身を飲み干した。

「限……界……」

そして、ベッドの上に倒れこむ。

夢の世界に旅立つまでに、数秒も時間は要さなかった。


…○△×…


翌朝。

「んっ……」

目覚めは、快適な心地だった。

ここ最近ずっと纏《まと》わりついていた倦怠《けんたい》感が、すっかり消え去っている。活力に満ちた身体《からだ》が、やたらと軽く感じられた。眼精疲労、肩や腰の凝《こ》りも無し。まるで、何歳も若返ったかのようだ。心なしか、ベッドもいつもより広く感じるような気がした。

「ふっ……しょうし《笑止》。何を馬鹿《ばか》なことを考えているのかしら」

小さく苦笑して、真冬は身体を起こす。

同時に、肩から寝間着がずり落ちた。

「……？」

オーバーサイズというわけでもないのにこれはどういうことかと、眉根を寄せる。

そこで、ようやく気付いた。

「ぎねん《疑念》……何か……小さい……よう、な……？」

視線を下ろし、ますます眉間《みけん》の皺《しわ》を深くする。

目の前にある手の平はやけに面積が狭く、指だって短く可愛《かわい》らしいものだ。

それこそ、子供のそれのように。

「私の手……よね……？」

開閉を繰り返してみて、目の前のそれが確かに己《おのれ》の手であることを確認。

そういえば……先程から呟いている独《ひと》り言《ごと》も、いつもより随分と甲高《かんだか》いし舌っ足らずな感じになっているような。

「ま、まさか……ね」

ぎこちない笑みを浮かべながらベッドを降り、鏡の前へと向かう。

困惑に彩《いろど》られた顔立ちは、記憶にある自分のものと確かに一致していた。

ただし。

一致したのは、恐らく二十年近く前の……幼い頃の自分の顔と、であるが。

「…………」

鏡に映るそれを、思わずまじまじと見つめる。

「…………」

一旦視線を外し、目頭を揉《も》んだ後でもう一度まじまじと見つめる。

「…………」

しばらく目を閉じてみた後、目を開けて再度まじまじと見つめる。

何度仕切り直そうと、鏡に映る姿は少しも変化しなかった。

口元に笑みを浮かべてみる。

鏡の中の幼い顔も、引き攣《つ》った笑みを浮かべた。

口元を元に戻す。

鏡の中の幼い顔も、真顔となった。

そんな風に、しばらく確認作業を続け……真冬は、一つ頷《うなず》く。

「けつろん《結論》……どうやら、まだ夢の中にいるようね」

虚《うつ》ろな表情でそう呟いてから、鏡から顔を背けた。

「思った以上に疲れていたのかしら……もう少し眠ることにしましょう……いえ、今が眠っている最中なのよね……夢の中で眠ると、逆に夢から覚められるかしら……？」

ブツブツと独りごちながら、ベッドの方に向かう。

しかしその途中で、ズルッと寝間着のボトムスがずり落ちて。

「あぷっ!?」

足を取られ、真冬はすっ転んで顔面からゴミ袋に突っこむこととなった。

「い、痛い……」

少し赤くなった鼻先を押さえて立ち上がりながら、自《みずか》らの言葉にハッとする。

「とうつう《疼痛》……？　まさか……夢、じゃない……？」

実際のところ、真冬とて薄々気付いてはいたのだ。

夢にしては、あまりに感覚がリアルすぎる……と。

事ここに至っては、流石に認めざるをえなかった。

「身体が、幼い頃に戻っている……?」

ぶっちぎりにファンタジーな事象が、現実で自らの身体に発生しているのだと。

「な、なぜこんなことに……?」

もっとも、認めたところで疑問が増えるだけではあったが。

「ん……?」

そんな真冬の視界の端《はし》に、何かキラリと光るものが映った。窓から差しこむ太陽の光を反射した、空の瓶だ。眠る直前、喉を潤《うるお》した飲み物が入っていた容器である。

真冬は、改めてまじまじとその瓶を……正確には、瓶に貼られたラベルを見つめた。

なぜなら、そこに。

「アンチエイジング薬……?」

そんな文言《もんごん》が記載されていたためである。

アンチエイジング……若返り。なんとも、この状況を示すに相応《ふさわ》しい言葉ではないか。

無論、本来『アンチエイジング』とは老化を抑えることであり、決して文字通りに年齢を巻き戻すような事象を指すわけではないのだが。

「この薬のせいで、身体が縮んだ……？」

現状、心当たりといえばそれくらいしか思い浮かばなかった。

「というか……こんなもの、どうして部屋の中に転がっていたのかしら……？」

確かに真冬の部屋は、概《おおむ》ねいつでも散らかってはいる。しかしだからといって、持ちこんだ覚えのないものが勝手に出現するはずはない。

「……あっ」

しばし小さな眉間に皺を寄せながら瓶を睨《にら》んでいた真冬だったが、ふとある場面が脳裏に蘇《よみがえ》ってきた。それは、いつだったかの職場の飲み会の場。

――桐須先生は、まだお若いから実感がないでしょうけれどね！　老化なんて、あっという間よ！　ホント、あっ！　という間！　だからね、若いうちから対策しておかなきゃいけないの！　ほら、アンチエイジングっていうの？　そういうの、あんまりやってないでしょ!?　そうだ、これあげるから飲んでみなさい！　箱ごと持ってっていいわよ！

深夜の通販で、つい買っちゃったやつなんだけどね！　私もまだ試してないんだけど、凄《すご》く効くってテレビで言ってたから！　人によっては子供に戻っちゃうかも？　なんて言ってたんだから！　うふふっ、そんなわけないわよね！　でもまぁ、それだけ効果に自信ありってことでしょうね！　今度、飲んだ効果を聞かせてね！

年上の女性教師から、そんなマシンガントークと共に半《なか》ば以上無理矢理に渡された箱があったのだ。中身はチラリと確認した程度でしかなかったが、今目の前にあるものとよく似たデザインの瓶だったような気がする。断るタイミングを逸《いっ》したため、仕方なく持って帰ってきたのだが……。

「まさか、本当に子供に戻る効果を持っていたというの……!?」

信じがたい思いで、真冬は頭を抱える。

果たして本当にこのアンチエイジング薬とやらが原因なのかは不明だが、事実として己の身体が縮んでいることは確かである。いずれにせよ、解決策を模索する必要があった。

とはいえ、こんな異常事態に対する解決策などそうそう思いつくわけもなく。

「……幸い、今日は休日。とりあえず、今日一日は外に出ず様子を見ることにしましょう……明日になれば戻っているかもしれないし……」

結局、様子見という消極的対策を採用することしか出来なかった。

「二度寝すれば元に戻ったりしないかしら……」

その可能性に賭《か》け、ずり落ちたボトムスを引き上げてから改めてベッドに向かう真冬。

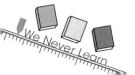

「……っ!?」

しかしその途中で机の上に広がった書類が目に入り、盛大に顔を引き攣らせた。

「うかつ《迂闊》……! 報告書のための資料を学校まで取りに行く必要があるんだったわ……!

報告書の期限は明日……!」

真冬の脳内に、二つの選択肢《し》が浮かぶ。

一つ、報告書の締め切りを無視する。

二つ、この身体のまま資料を学園まで取りに行く。

頭を悩ませたのは、しかし数瞬の間だけのことであった。

・・○△×・・・

小一時間後。

「服は、これでどうにかなったわね」

そこには、子供服に身を包んだ真冬の姿があった。

何かないかと洋服ダンスの中を引っ搔《か》き回したところ、子供の頃に着ていた服がなぜか入っているのを発見したのである。恐らく、引っ越しの際に紛《まぎ》れたまま洋服ダンスの奥で眠っていたのだろう。片付けられない性格が、思わぬところで幸いした形であった。

「けつだん《決断》……では、行きましょう」

床に多数転がるゴミ袋を小さな足で避《よ》けながら、玄関口へ。

結局のところ、桐須真冬という女性は締め切りを無視して部屋に引き籠《こ》もっていられるほどに無責任ではいられない性格の持ち主なのだった。たとえ、自身の身体に何が起こっていようとも。動けないというわけではないのだから、資料を取りに行くべき……それが、真冬の至った結論であった。

「ぐっ……ドアが、重い……」

ドアノブに手をかけ、回す。体重をかけて……というか半ばドアを身体で押し出すような形で、どうにか開いた。

外に出た後は身体全体を使ってドアを閉め、施錠《せじょう》。

「ドアの開け閉めも一苦労ね……」

小さく溜め息を吐く。外に出るだけで、既にそこそこの疲労感であった。

だが、もちろん本番はここからだ。

「やはり、この身体だといつもと見える景色が全く違うわね……」

視界の高さは、普段の半分程度。通い慣れた道のはずが、まるで見知らぬ街を歩いているかのように感じられた。

キョロキョロと周囲を見回しながら、一ノ瀬《いちのせ》学園へと向かっていたところ。

「お嬢ちゃん、そんなにキョロキョロしてどうしたのかな？」

「っ!?」

不意に横合いから声をかけられ、真冬はビクッと身体を震わせる。

恐る恐る、声の方に顔を向けると。

（武元《たけもと》さん、古橋《ふるはし》さん、緒方《おがた》さん……）

そこには、自身の教え子たる三人が立っていた。

今は真冬より随分と高いところにある目で、興味深げに真冬を見下ろしている。

（終幕……まさか、この姿を知り合い……それも、生徒に見られるなんて……）

身体を硬直させたまま、真冬は己の教師としての威厳《いげん》が崩れ去るのを感じた。

が、しかし。

「あ、あれ……？　固まっちゃった……？　急に話しかけたから、ビックリしちゃったかな？　大丈夫、お姉ちゃん怪《あや》しい人じゃないよ〜？」

真冬に話しかけてきた少女、武元うるかが少し慌《あわ》てた様子でパタパタと手を振る。

「うるかちゃん、それじゃホントに怪しい人みたいだよ」

「怪しくない、は怪しい者が使う常套句《じょうとうく》です」

うるかに対して、古橋文乃《ふみの》がクスクスと笑いながら、緒方理珠《りず》が真顔で、それぞれそんな風にコメントを送った。

「えぇっ!?　酷《ひど》いよ二人共〜！　それじゃあたしが不審者みたいじゃん！」

「あはは、冗談冗談」

「私は一般論を語ったまでですが」

三人は、じゃれ合うようなやり取りを交わす。

（あれ……？）

そんな彼女たちの様子に、真冬は内心で首を捻《ひね》った。

（私だと気付かれていない……の、かしら……？）

それから、密《ひそ》かに納得する。

（確かに、普通に考えれば身体が縮んだだなんて思いもしないか）

そう考えると、心に少し余裕が出来てきた。

「いえ、たけもとさん。私は……」

「あれ？　どうしてあたしの名前知ってるの？」

そして、出来たての余裕が速攻で崩れ去った。

（失態……！　つい、いつもの癖《くせ》で……！）

どうにか誤魔化《ごまか》すことは出来ないかと、素早く視線を走らせる。

そして、うるかの持つ鞄《かばん》に光明を見出した。

「そ、それを……！　見た、ので……！」

鞄からはみ出していた答案用紙を指差す。

その名前欄に、『武元うるか』とバッチリ書かれていたためである。

「あ、そうなんだ？　凄いね、もう漢字が読めるの？」

納得した様子ながらも、うるかは軽く目を丸くしている。

「べんきょう《勉強》……して、いるので……」

素が出そうになるのを抑えようとすると、なんとなく微妙な口調となった。

「へ～、えらいえらい」

「……………」

うるかが頭を撫《な》でてくるのを、少々ぶすっとした表情になりながらも受け入れる。

ここで変に反発して怪しまれるのは得策ではないとの判断だ。

（答案……英語の小テストか）

現実逃避気味に、引き続きはみ出したままの答案用紙にチラリと目を向ける。

（随分と点数が伸びているようね）

うるかは、真冬が『教育係』を務めた対象ではない。だが、彼女の事情は把《は》握《あく》している。

かつて彼女の英語の成績は壊滅的と称して差し支えないレベルだったはずだ。だがこの答案に記入された点数は、決して悪いものではなかった。このままの調子で成績を伸ばせば、彼女の目標にもいずれ手が届くことだろう。

（「できない」奴の味方……か）

彼女たちの現『教育係』の顔が、ふと頭の中に浮かぶ。

と、そこで。

「ところで、一人なのかな？　お母さんかお父さんは一緒じゃないの？」

文乃が中腰となり、視線の高さを下げながらそう尋《たず》ねてきた。

「……あれ？」

それから、真冬の顔をまじまじと見ながら小首を傾《かし》げる。

「い、いえ、一人よ……です」

なんとなく危機感を覚え、真冬は顔を背けながら答えた。

「おつかいか何かですか？」

次いで、理珠が尋ねてくる。

「そんなところ……です」

学園まで資料を取りに行くおつかい、と言えなくもないだろう。嘘《うそ》はついていない。

「えらいね～、どこまで行くの？」

引き続き真冬の頭を撫でながら、うるか。

「それは……」

ここで、真冬は答えあぐねた。

仮に、一ノ瀬学園に行くと正直に話せばどうなるだろう。なんとなく、彼女たちは一緒に来てしまいそうな予感がした。出来れば、あまり長い間彼女たちと接触しているのは避けたい。どこかで正体について勘づかれないとも限らないし、何よりこの状況が続くのは心臓に悪すぎる。

そんなことを考え、沈黙してしまった真冬に対してどう思ったのか。

「ねぇ、これってやっぱりさ……」

「迷子？」

「でしょうか」

三人は、顔を見合わせてそんな結論に至ってしまったようだ。

「いえ、違……」

「心配しないでっ！」

慌てて否定しようとしたところ、うるかにギュッと抱き締められた。

「あたしたちが、ちゃーんとお母さんお父さんを見つけてあげるからね！」

「お腹はすいていませんか？　うどん、食べますか？」

「そうだ、お姉ちゃんが楽しいお話ししてあげよっか？　っていっても、わたしが今即興で作ったやつなんだけど……」

三者三様に、気遣うような笑顔で言ってくる。

（……好意からの行動、ではあるのよね）

そう考えると、あまり無下《むげ》にも出来ない真冬であった。

(とはいえ、いつまでもここで拘束されているわけにもいかないわ……)

さてどうやってこの場を脱しようか、と考える中。

「ところでお嬢ちゃん、お名前は？」

「う……」

うるかに問われ、再び答えあぐねる。

「ま……まなつ、です……」

そして、ついついそんな安直な名前を出してしまった。

「まなつちゃん、ね。あたしは、うるか！　……って、さっき名前見て知ってるのか。でも『武元さん』なんて硬い言い方じゃなくて、気軽に『うるかお姉ちゃん』って呼んでくれていいからね」

と、うるかは邪気のない笑顔で言ってくる。

「わか……り、ました。うるか……おねーちゃん」

変に怪しまれたりしないよう、素直に言われた通り呼ぶことに。

やはり舌っ足らずで、余計に幼い印象の呼び方になってしまったが。

「私は理珠です。理珠お姉ちゃんです」

「はい、りずおねーちゃん……」

明らかに期待する目で見てくる理珠にも、そう返す。

すると、理珠はムフンとどこか満足げな表情となった。

「わたしは、文乃お姉ちゃんだよ」

「はい、ふみのおねーちゃん……」

比較的フラットな表情の文乃にも、同じく返す。

（恥辱《ちじょく》……！　この私が、幼子《おさなご》のフリだなんて……！）

表面上は平静を装《よそお》いつつも、内心では恥ずかしさに歯噛《はが》みする真冬であった。

「……？」

そんな中、文乃がまたも真冬の顔をじっと見ていることに気付く。

彼女は、しばしそのまま真冬の顔に視線を固定して。

「……あぁ！」

「!?」

突如《とつじょ》大きな声を出したため、真冬だけでなく理珠とうるかも若干《じゃっかん》ビクッとなった。

「っと、急に叫んじゃってごめんね。でも、ようやくわかって」

両手を合わせて謝ってから、文乃はどこかスッキリとしたような表情で再び真冬の顔へと目を向ける。

「まなつちゃん、誰かに似てると思ったら……桐須先生だよ！」

「っ!?」

ズバリ核心を突く言葉に、真冬の心臓がこれ以上なく大きく跳ねた。

「なるほど、言われてみれば確かに」

「ちっちゃい桐須先生、って感じ？」

続いて頷く理珠とうるかに、バクバクと鼓動《こどう》が脈打つ。

「あっ、桐須先生っていうのはね。わたしたちの学校の先生なんだけど」

正体がバレたのかと思ったが、しかしそんな風に説明を始める文乃の様子を見るにそういうわけでもなさそうだ。真冬は密かに安堵《あんど》の息を吐いた。

「わたしとりっちゃんの、教育係っていうのをやってくれてた人でね。結局、それは別の人に代わっちゃったんだけど……とっても、厳しくて……」

次いで一転、真冬の頭は急速に冷えこんで冷静さを取り戻し始める。

「冷たい人」

動揺はない。

そんな風に思われているのは、知っているから。

そんな風に思われても構わないと、接してきたから。

けれど。

だから。

「……そんな風に、前は思ってたんだけどね」

続いた言葉は思ってもみなかったもので、真冬は小さく眉根を寄せる。

前は思ってた。

過去形の語り口は、つまり今は異なるということなのか。

文乃は理珠・うるかと顔を見合わせて、お互いに小さく笑い合った。

「でも……例えば、前にわたしが困ってる時に電話で助けてくれたことがあって。まぁ、どうしてわたしが困ってることを知ってたのかはわからないけど……まさか先生が助けてくれるとは思ってなかったし、ホントに追い詰められてたから感動しちゃった」

「私も、成《なり》ゆ……とある人に言われて、改めて考えました。厳しい言い方ではありました

が、あれも恐らくは私たちのことを考えてくれていたからなのだろうと。それに……苦手なものがあったりと、失礼な言い方かもしれませんが人間らしいところもあるのだと知って少し安心したりもしました」

「あたしは、元々あんまり直接的に関わってたわけじゃないけど。でも、なんとなく取っ付きにくそうな人だと思ってて……でも、大会前でセンシティブになってたところにアドバイスをくれたり、文化祭でフルピュアの衣装着て一緒に踊ってくれたりしてさ。勝手に抱いてたイメージと違ったから、ビックリしちゃった」

三人、それぞれそんな風に語る。

それから再度顔を見合わせて、少し照れたように笑い合った。

その傍《かたわ》らで、真冬はそっと自身の胸に手を当てる。

(……意外。まさか、そんな風に思われていただなんて)

てっきり、嫌われていると思っていた。

無論、今でも全面的に好かれているというわけでもないのだろう。

それでも……胸の内に、温かいものが込み上げてきたのは確かだった。

「……それにしても、見れば見るほど桐須先生によく似ていますね」

もっとも、理珠の言葉に今度は再び緊張が込み上げてくることとなったが。

眼鏡越しに興味深そうな視線を向けられ、タラリと真冬の頬《ほお》を冷や汗が流れた。

「実は、桐須先生がホントに小さくなった姿だったりして〜」

「ろ、ろんがい《論外》！　そんなことありえないわ！」

うるかの冗談めかした言葉に、つい反射的に返してしまう。

「……なんか今の言い方、ホントに桐須先生みたいだったね」

はは、と文乃の笑みが少し引き攣り気味となった。

（ぼ、墓穴《ぼけつ》……！）

ダラダラ。真冬の頬を流れる冷や汗が増量。

三人から注目される中、真冬が選択した行動は。

「その……しつれい《失礼》、するわ！」

逃走、であった。

振り向きざまに、駆け出す……と。

「ふぎゅっ!?」

すぐに、誰かにぶつかってしまった。ちょうど通りがかった人がいたらしい。

「ご、ごめんなさい……」

少し痛む鼻を押さえながら、ぶつかってしまった人を見上げる。

「ん、気をつけてな」

すると、そこにあったのもまた見知った顔であった。

(小美浪《こみなみ》さん……!?)

小美浪あすみ。一ノ瀬学園の卒業生であり、真冬のかつての教え子だ。

「怪我《けが》はないかい？　……………って」

真冬の顔を見下ろすその表情に、疑問の色が浮かび。

「……まふゆセンセに、なんか似てる気がすんな」

少し間を空《あ》けて、あすみは得心したような調子で呟いた。

「ですよねですよねっ！」

テンション高めに、うるかが追随《ついずい》する。

「えっと、その……」

逃亡にも失敗し、真冬の脳内は焦《あせ》りに満たされていた。

「し、しんせき《親戚》！」

咄嗟《とっさ》に開いた口から、そんな単語が飛び出す。

「きりすまふゆの、しんせきだから！」

必死に言い募《つの》る真冬に、一同パチクリと目を瞬《またた》かせて。

「「「……あー」」」

それから、そんな声を上げた。

「なるほど、親戚《しんせき》」

ポンと手を打ちながら、文乃。

「真っ先に考えるべき可能性でしたね」

表情の変化は少ないが、理珠も納得しているようだ。

「あははっ、だねー」

うるかが、気楽げに笑う。

（不覚……最初からこう言っておけばよかったわ……）

ここまでの苦慮を思い出し、どっと徒労感に襲われる真冬であった。

「つーかお前ら、こんなとこで何してんだ？」

とそこで、ふと表情を改めたあすみが首を傾ける。

「まなつちゃん……その子が迷子のようなので、保護しようかと」

「ほーん？」

理珠の回答に片眉を上げてから、あすみは再び真冬を見下ろした。

「まなつちゃん、でいいのかな？」

少し柔らかくなった声色《こわいろ》で問いかけられ、真冬はコクンと頷いた。

「まなつちゃんは、迷子なのかい？」

フルフル、今度は首を横に振る。

言葉を発さないのは、これ以上墓穴を掘らないようにという苦肉の策であった。

「迷子じゃないらしいけど？」

あすみは真冬から視線を外し、三人の方を見る。

「ありゃ？　じゃあ、わたしたちの早合点《はやがてん》？」

コクン、文乃の言葉にも無言で頷いて返した。

「そうでしたか……それは失礼しました」

「ごめんねー、むしろおつかいの邪魔しちゃった？」

理珠が頭を下げ、うるかが苦笑と共に頬を掻く。

「……いえ」

フルフル。首を横に振ってから。

「心配してくれて、ありがとう」

三人の顔を順に見て、小さく微笑《ほほえ》んで礼を言う。

これは、本心からの言葉であった。

真冬としても、彼女たちの気遣いそのものを否定する気は少しもないのだ。

「それじゃ……私は、これで」

教え子たちにペコリと頭を下げて、踵《きびす》を返す。

今度は、引き止められることもなかった。

「またね、まなつちゃん！」

「気をつけてね」

「お腹がすいたら、いつでも緒方うどんに来てください」

「いってらっしゃいませ、お嬢様……ってね」

最後に一度だけ振り返ると、うるかがブンブンと手を振り、文乃がそれより随分控えめに手を動かし、理珠がどこか期待するような目で直立し、あすみがスカートの端を摘《つま》んで

慇懃《いんぎん》に礼をする……そんな光景が目に入ってきた。

「……ふっ」

それがなんだかおかしくて、前に顔を向け直しながら小さく笑う。

彼女たちがこんな風に子供と接するというのも、真冬の知らなかった一面であった。

・・○△×・・・

少女たちと別れて、しばらく。

「ふぅ……」

自宅と一ノ瀬学園の中間辺りにある公園のベンチで、真冬は休憩《きゅうけい》を取っていた。

普段であればどうということもない距離だが、子供の身体で踏破《とうは》するのは少々辛いものがある。これが本当の子供であれば疲労感などお構いなしに体力が空っぽになるまで動き回るのかもしれないが、そういうわけにもいかない。

「……けれど、ただ休憩するというのも退屈ね」

手持ち無沙汰《ぶさた》で、足をプラプラさせながら何とはなしに周囲を見回す。

すると、一人の女性が歩いてくる姿が目に入ってきた。

女性が、ふとした拍子に真冬の方に顔を向け……。

「っ!?」

その直前で、真冬は慌ててベンチの後ろにあった茂みの中へと飛びこんだ。

なぜなら、彼女もまた真冬の見知った人物だったからだ。

否《いな》……見知った、どころの話ではない。

(美《み》春《はる》……!?)

そこにいたのは、自身の妹である桐須美春だったのだから。

(危険……！　美春に見つかるのは流石にマズいわ……！)

なにせ、親戚という言い訳が通じない。というか、まさしく子供の頃の真冬そのものを知っているのだ。正体が看破される可能性は、他人に見られた場合と比べ物にならない。

「あら……？　事実誤認……？　今、姉さまがいたような……？」

茂みの隙間《すきま》から窺《うかが》うと、美春は不思議そうに周囲を見回していた。

「確か、こっちの方に……」

キョロキョロしながら、真冬がいる茂みの方に近づいてくる。

（マズいマズいマズいマズい……！）

下手《へた》に動いて物音でも立てれば、恐らく美春はここを覗《のぞ》きこんでくるだろう。となれば、今の真冬に出来るのは息を潜《ひそ》めて美春が去るのを祈ることだけだった。

「姉さまー？　いらっしゃいますかー？」

しかし残念ながら、美春は的確に真冬が隠れる茂みに向かってきている。

（神は死んだわ……）

既に、真冬は諦《あきら》めの境地に至りかけていた。

真冬のことを敬愛している妹が、今のこの姿を見ればどう思うだろうか。それも、うっかり怪しげなドリンクを飲んでしまった結果だとすれば。

何と言い訳しようかと、真冬が回転の鈍《にぶ》くなった頭で考えていたところ。

「あれ？　美春さん、こんなところでどうしたんですか？」

横合いから、美春に話しかける少年が現れた。

（……唯我君？）

彼もまた真冬の教え子の一人、唯我成幸である。

（不運……！　なぜ今日に限って顔見知りにばかり会うの……!?）

頭を抱えたい気分となる真冬であった。

「邂逅相遇《かいこうそうぐう》……私は大学に行くところですが、唯我成幸さんは？」

「俺は、たまには気分を変えてと思って外で勉強してたんですよ」

「坐《ざ》薪懸胆《しんけんたん》、感心ですね」

真冬の嘆《なげ》きを他所《よそ》に、二人はそんな会話を交わす。

「ところで、唯我成幸さん。この辺りで姉さまを見かけませんでしたか？」

再び周囲を見回しながら、美春。

「桐須先生ですか……？　俺、朝からここにいますけど見てませんよ？」

首を傾げながら、成幸は不思議そうに答える。

「そうですか……委細承知。姉さまの気配を感じたような気がしたのですが、どうやら気のせいだったようですね」

「気配って……」

真顔で言う美春に、成幸は軽く苦笑を浮かべていた。

「それでは、私はこれで。一念通天《いちねんつうてん》、受験勉強頑張《がんば》ってください」

「あ、はい。どうも」

軽い挨拶《あいさつ》を交わした後に、美春は公園から立ち去っていく。

「……ふぅ」

ホッと安堵の息を吐く真冬。

しかし、それも束《つか》の間《ま》のことだった。

「あのー」

「っ!?」

茂みを掻き分け話しかけてきた成幸に、身体と心臓が大きく跳ねる。

「なんか、美春さんが来た途端に隠れたみたいに見えたから一応引き止めてみたけど……あれでよかったのかな？」

成幸は頬を掻きながら、どこか困ったような表情を浮かべている。恐らく、この状況を計りかねているのだろう。さもありなん、という感じではあった。

「ん……？」

そこでふと、真冬の顔を見ていた成幸の表情に疑問の色が混ざる。

「もしかして、桐須先生……」

「しんせき！　きりすまふゆのしんせき《親戚》！」

今度もこの設定で押し通すつもりで、真冬は食い気味に叫んだ。

「あ、うん。やっぱりそうなんだね」

どうやら、真冬が言うまでもなく成幸もそう認識していたらしいが。

むしろまた墓穴を掘ってしまったかと、少し後悔。

「あれ……？　てことは、美春さんの親戚でもあるんだよな……？」

もっとも、成幸に真冬を疑う気配はなさそうだ。

顎《あご》に指を当て、軽く眉根を寄せている。

「じゃあ、遠ざけるのはマズかったのかな……？」

「い、いえ！」

美春を連れ戻しかねない成幸の様子に、真冬は慌てて首を横に振った。

「えっと、その……いらい《依頼》！　今は、まふゆ……おねーちゃん、から頼まれたおつかいの最中だから！　他の親戚の人に助けられてはいけないの！」

どうにか、この姿に相応しい言い訳を捻り出す。

「あぁなるほど、そうなんだ」

幸い、成幸はすぐに信じてくれたようだ。

微笑ましげな表情を浮かべながら、膝《ひざ》を折る。

「君、お名前を教えてくれるかな？」

「……まなつ」

視線の高さを合わせての問いに、ここでも結局この名前を採用することとなった。

単純に、他に何も思い浮かばなかったためである。

「教えてくれてありがとう、まなつちゃん。俺は、成幸っていうんだ。唯我成幸」

成幸の言葉は、いつもより気持ちゆっくりと紡《つむ》がれているように聞こえた。

（小さい子の扱いに慣れている感じがするわね……そういえば、妹さんと弟さんがいるのだったかしら……）

資料に記載されていた成幸の家族構成を思い出し、内心で納得する。

「なりゆき……お、おに……おにーちゃ……」

それから、文乃たちにしたのと同じような呼び方を試《こころ》みようとする真冬だったが。

（ち、恥辱……なぜだか、さっきより数倍恥ずかしい気がするわ……！）

悶《もだ》えたい気持ちで一杯となり、上手《うま》く口に出すことが出来なかった。

「……ゆいがくん」

結局、耐えきれずにいつもの呼び方を採用してしまう。

「うん、そうだよ」

成幸は特に気にした風もなく、微笑んで頷いた。

「ところで、まなつちゃん。おつかいってどこに行くんだい？」

それから、笑みを湛《たた》えたままで尋ねてくる。

「……いちのせがくえん」

一瞬迷ったものの、正直に答えることにした。単に、咄嗟に適当な場所が思い浮かばなかったから……というのもあるが。

（まぁ、この子になら言ってもいいか……）

なんとなく、そんな風に思ったのである。

「一ノ瀬学園に……？」

一方、真冬の言葉を受けた成幸は首を傾げていた。

「ちなみに、おつかいって具体的にはどうするの？」

「まふゆおねーちゃんの机から、必要な資料を取ってくる」

「資料を取ってくるって……桐須先生、無茶言うなぁ……」

と、成幸は苦笑を浮かべる。

「流石に、他の先生に止められちゃうと思うよ？」

「……あ」

迂闊《うかつ》。

その点について、真冬は完全に失念していた。

親戚を名乗ったとしても、真冬からの依頼という体《てい》を信じてもらえるかどうか。普通に考えれば、まず真冬本人に連絡を取ろうとするだろう。しかし、真冬は子供の姿でそこにいるのだから確認の取りようもない。

こうして、真冬のミッションは詰みを迎えたのであった。


…○△×…

成幸との遭遇から、少し時間が経過した後。
「助かったわ、ありがとう」
一ノ瀬学園の校門前で、真冬は成幸に向けて頭を下げた。

「はは、そんなに畏《かしこ》まらなくてもいいよ」

結局、資料は成幸が『桐須先生からちょっとそこで頼まれた』という体で取ってきてくれたのである。流石に自校の生徒ということで、特に疑われることもなかったらしい。それも、彼の普段からの真面目な態度あってのものだろうが。

「帰り道はわかるかい？」

「えぇ、大丈夫よ」

「そっか、それじゃ気を付けて帰ってね」

軽く手を上げて、成幸は踵を返して歩き出す。

「……ふぅ」

その背中から視線を外しながら顔を俯《うつむ》け、真冬は軽く息を吐いた。

それは、無事資料を入手出来たことによる安堵の息であり……同時に、疲労からくるものでもあった。ただでさえ、子供の足ではここまで来ただけで結構な体力を消耗《しょうもう》しているのだ。更に、知己《ちき》との邂逅によって無駄に疲弊《ひへい》した結果であった。

（休憩……どこかでまた取らないとキツいわね……）

そう考えて、若干フラつく足を踏み出そうとしたところで。

「まなつちゃん」

名前を呼ばれて、顔を上げる。

「……ゆいがくん？」

するとそこには、真冬に背を向ける形でしゃがんでいる成幸の姿があった。

「ほら、乗って？」

なんて、さも当然のことのように真冬を促《うなが》す。

「でも、そこまでしてもらうのは……」

「ははっ、子供が遠慮なんてすんなって。やっぱり、疲れてるんだろ？」

どうやら、成幸には全て見抜かれていたらしい。

真冬は一瞬、逡巡《しゅんじゅん》のために動きを止めて。

「……お言葉に甘えるわ」

けれど結局、素直におぶってもらうことにした。実のところ、今の状態では自宅まで帰り着けるか少々怪しいと思っていたのだ。

「よっ、と」

真冬がその肩に手をかけると、成幸は手慣れた様子で真冬の足を抱えて立ち上がる。まるで真冬の重さなど問題にしていないかのような軽やかさだった。

（普段は頼りなさそうに見えても、こういうところは男の子ね……）

今の小さくなった身体では、尚更その背中は大きく頼り甲斐《がい》があるように感じられる。

「まなつちゃんの家、どの辺りか説明出来るかな？」

「まふゆおねーちゃんの家に泊まらせてもらっているの」

今回は、サラッと言い訳を取り繕《つくろ》うことが出来た。

「あぁ、そうなんだ。先生の家なら知ってるから大丈夫だよ」

一つ頷き、成幸は歩き始める。

しばらくの間、成幸の背に揺られて。

「かんしゃ《感謝》……何から何まで世話をかけるわね」

少しの躊躇《ちゅうちょ》を挟んだ後、ポツリと真冬はそう口にした。

「だから、子供がそんなこと気にする必要はないって」

成幸は、笑い声と共にそう返してくる。

「にしても……こうやって顔を合わせない状態で話してると、ホントに桐須先生と話してるみたいだなぁ……」

次いでそこに苦笑の気配が混じって、真冬はギクリと顔を強張《こわば》らせた。

(油断……いつの間にか、普段の調子で喋《しゃべ》ってしまっていたわ……)

部屋の雑多具合を知られていることもあり、真冬は成幸の前では比較的(あくまで他の者と接するのに比べれば、であるが)自分を取り繕わない癖が出来ていた。それがついつい、ここでも出てしまった形である。

「まなつちゃん、桐須先生のことがよっぽど好きなんだね。口調まで真似《まね》するなんて」

もっとも、成幸は勝手にそんな風に解釈してくれたようだ。

「え、えぇ……そうね……」

これ幸いと、乗っておくことにする。

「…………」

「…………」

それから、少しだけ沈黙の時間があって。

「……まふゆ、おねーちゃんのこと」

ふと気が付けば、真冬は再び口を開いていた。

「君は、どう思っているの？」

続けてそんな言葉を発してから、ハッと我に返る。

(愚問《ぐもん》……！　私は、何を聞いているの……!?)

自分でも、なぜこんなことを問いかけてしまったのかわからなかった。

「あっ、その、今のは……」

慌てて今の質問を取り消そうとするも、上手く舌が回ってくれない。

そんなに大きな声ではなかったし、風に紛れて聞こえていないことを願った。

「桐須先生のこと……か」

だが無情にも、成幸の耳にもバッチリ届いてしまっていたようだ。

「厳しい人、ではあると思うよ」

その発言に、胸が痛む……などといったことは、ない。

そう思われることなど百も承知で、真冬は生徒に接しているのだから。

「ただ……あぁ、そうだ。先生の家に泊まってるなら知ってるよね？　意外と抜けてるっていうか、だらしないところもあって……いでででっ!?　ちょっ、まなつちゃん!?　爪が肩に食いこんでるんだけど!?」

とはいえ、続いた大変不本意な発言は看過出来ないものであったが。

「あははっ、ごめんごめん。大好きなお姉さんのこと悪く言われちゃ怒っちゃうよな」

再び、成幸の声に苦笑の気配が混じる。

「でも……そういうとこ含めて俺は好きだよ、あの人のこと」

「…………は？」

思ってもみなかった言葉に、真冬の脳はフリーズした。

「全てが完璧な人より、親しみが持てるし。何より……冷たい人だとか、誤解されがちなんだけどさ。教え方は丁寧《ていねい》だし、凄く生徒のことを大切に思ってくれてるんだ。だから俺は桐須先生に感謝してるし、先生のことを尊敬してる」

けれど、続いた言葉にどうにか再び脳が動き出す。

「あ、あぁ……りかい《理解》。そういう意味ね……」

「ん？　そういう意味って？」

「……しつげん《失言》。気にしないでちょうだい」

そう返すが、成幸からは不思議そうな気配が伝わってきたまま。

「そう……？　っと、着いたよ」

そこでちょうど自宅に着いたのは、真冬にとって僥倖《ぎょうこう》だったと言えよう。

「たしゃ《多謝》。色々とありがとう、ゆいがくん」

成幸の背中から降りて、真冬はペコリと頭を下げた。

「いえいえ。あ、ドア開けるよ」

真冬から鍵を受け取り、成幸がドアを開ける。

「それじゃ、ゆいがくん。また学こ……まふゆおねーちゃんのとこに遊びに来た時に」

また学校で、と言いかけて慌てて訂正。

「うん、楽しみにしてるよ」

小さく手を振る成幸と別れ、真冬は自宅へと足を踏み入れた。

「ふぅ……ひろう《疲労》。とにかく疲れたわ」

深い溜め息を吐き出す真冬の背後で、ドアが閉まる。

と、同時。

ドガッシャァァァァァァァァァン！

「むぐっ!?」

玄関先に積み重なっていたアレコレが派手な音を立てながら崩れ、真冬を強襲した。

「むーっ！　むーっ！」

結果、真冬は本やら何やらに埋まって身動きが取れなくなる。

傍《はた》から見れば、どこかで見たような光景だと思われること請《う》け合《あ》いであろう。

ちなみにどこなのかというと、今と全く同じ場所である。

「むーっ」

ガチャッ。

どうにか脱出しようともがいていたところ、ドアが再び開く気配を感じた。

「……部屋の中、掃除してから帰るね」

と、成幸の声。

「……むー」

それに対して、真冬は唸《うな》って返すことしか出来なかった。


…○△×…

「よし……こんなところかな」

綺麗に掃除された部屋の中を見回し、成幸は満足げに頷いた。

「しゃじ《謝辞》……迷惑かけたわね」

「ははっ、まなつちゃんのせいじゃないだろ？」

真冬に向けて微笑む成幸だが、直後その笑みが苦笑気味に変化する。

「それに、まぁ、慣れっこだしさ」

「…………」

そう言われてしまうと、真冬としてはそっと目を逸《そ》らすことしか出来なかった。

「はい、まなつちゃん。これ、飲むといいよ」

そんな真冬の前に、コップが差し出される。

「ミルクセーキ。牛乳や卵は、疲労回復にいいんだって」

コップを手にする成幸の笑みは、引き続き苦笑気味だった。

「勝手に作っちゃったけど……まぁ、親戚の子に出す分だし大丈夫だよな……？」

小さくそんな風に呟いている。

真冬としてはもちろんそんなことで咎《とが》め立てるつもりなど微塵《みじん》もないが、当然のことながらこの姿でそう言うわけにもいかず。

「ありがとう、いただくわ」

ただそう返すに留め、コップを受け取り口をつけた。子供用に調整してくれているのか、甘めの味付けだ。確かに、疲れた身体に染み渡っていくようだった。

「それじゃ、俺は今度こそ帰るから」

「ええ、気をつけて」

「うん、ありがとう」

ドアノブに右手をかけながら、真冬に向けて今一度小さく左手を振る成幸。

「またね、まなつちゃん」

「……ええ」

ミルクセーキ片手に、扉の向こうへと消えていくその笑みを見送って。

「……さて」

コップをテーブルの上に置いた真冬は、改めて小さくなった自分の身体を見下ろした。

「きゅうち《窮地》……このまま元に戻らなかったらどうしましょう……」

そして、両手両膝を床について嫌な想像に絶望感を抱く。

と、そこで。

「……ん？」

視点が更に低くなったことで、床に置かれている箱がふと目に入ってきた。

（どこかで見たような気が……？）

眉根を寄せながら思案すれば、該当《がいとう》する記憶が徐々に蘇《よみがえ》ってくる。

それは、いつかの飲み会の席。隣では、同僚《どうりょう》の女性教諭が真冬に向けてアンチエイジングに関するマシンガントークを繰り広げていた。

そこまで思い出して、ピンと来る。

（そうだわ……これ、あの時に受け取った箱ね……！）

つまりは、この状況の元凶……かもしれない薬が入っていた箱ということである。

久しく部屋の中で見かけた記憶がなかったが、恐らくはどこかに埋もれていたのだろう。

それが、先程の成幸による掃除の際に発掘されたというわけだ。

「何か元に戻るためのヒントでも見つからないかしら……」

一縷《いちる》の望みをかけて、箱の蓋《ふた》を開けて中を確認してみる。

そんなところまで成幸が整頓《せいとん》してくれたのか、二種類の瓶がその色ごとに几帳面《きちょうめん》に並べられていた。一本分空きスペースがあるのは、真冬が昨日飲んだ分ということか。

「ん……？　二種類……？」

再び眉根を寄せて、真冬は種類の異なる瓶を一本ずつ箱から取り出した。

それぞれのラベルに記載された文字を確認してみる。

一つは今朝確認したものと同じ、『アンチエイジング薬』。

そしてもう一つには、『アンチアンチエイジング薬』と書かれていた。

「アンチアンチ……？」

更に眉間の皺を深くし、真冬はそちらの瓶を凝視する。『アンチアンチエイジング薬』という文言の下には、少し小さくなったフォントで『アンチエイジング薬が効きすぎた場合にお飲みください』との注意書きが記載されていた。

「すいそく《推測》。これを飲めば元に戻れるということ……？」

もっとも、元に戻ると明記されているわけではない。場合によっては、今より状況が悪化するという可能性も否定は出来なかった。何より、それを試すためには今一度……今度はその怪しさを認識した上で、正体不明の液体を飲用する必要があるということだ。

「……ばくち《博打》。けれど、可能性があるのなら試してみるべきね」

しばし悩んだが、結局真冬が至った結論はそれだった。

蓋を開け……緊張に喉をゴクリと鳴らした後で、一息に中身を呷《あお》った。

「へんか《変化》……無し、かしら？」

今のところ、身体に違和感などは生じていない。

否……一つだけ。

「ふわ……」

思わずあくびが漏《も》れる。

「ねむけ《眠気》……薬を飲んだから……？」

あるいは、今日の疲れが出ただけかもしれないが……いずれにせよ、真冬は抗《あらが》いがたいほどの眠気に襲われていた。

「もう、だめ……」

辛《かろ》うじて、着ていた子供服を脱いで寝間着に着替える。

こちらは子供用のものを探す余裕もなく、ぶかぶかの状態だ。

「げん……かい……」

そして、昨晩と全く同じ言葉と共にベッドに倒れこむ。

やはり、夢の世界に旅立つまでに数秒も時間は要さなかった。

…○△×…

翌朝。

「んっ……」

朝日に瞼《まぶた》を刺激され、真冬はゆっくりと目を開いた。

目覚めは、悪い気持ちではない。

「……何か、妙な夢を見たようね」

自身の身体が子供になる、という夢。妙にハッキリと頭の中に残っていた。

まるでそれが、現実に起こったことであったかのように。

「ふっ、論外。ありえないわね」

鼻で笑う。

そう、ありえない。

ありえない……はずなのに。

真冬は、綺麗に掃除された部屋の様子を見回して顔を引き攣らせた。

床へと脱ぎ散らかされた子供服に、空き瓶と僅《わず》かにミルクセーキが残ったコップが一つずつ載っているテーブル。テレビをつけてみれば、ニュース番組の画面端に表示される日付は休日の翌日だった。

「証拠……だと、いうの？　現実？　あれが？」

混乱する頭に手を当て、ブツブツと呟く。

だが、いつまでもそうしているわけにもいかない。

壁の時計は、始業までそう余裕のある状況ではないことを示している。

「……考えても仕方ないわね」

頭を切り替えて、出勤の準備を始める真冬であった。

・・・○△×・・・

いつものスーツを着こなし、校門をくぐったところで。

「昨日のまなつちゃん、可愛かったねー！」

「うん、そうだねー」

真冬より少し前を歩いていた、女子生徒たち……うるかと文乃の会話が耳に入ってきた。

二人の横には理珠も並んでおり、コクコクと頷いている。

（畢竟《ひっきょう》……昨日のことは、現実だったのね……）

ここにきて、真冬も認めざるをえなかった。

こうまで証拠が重なれば、否定する方が難しいと言えよう。

「でも、眼光が鋭《するど》いっていうか……ちっちゃいのに、なんか『圧』が凄かったよね。それこそ、まるで桐須先生みたいに」

「あ、はは……」

うるかの言葉に、文乃が苦笑を浮かべた。

その横では、理珠がコクコクと頷いている。

「……始業、もうすぐよ。のんびり話していて大丈夫かしら？」

「「ひゃぁっ!?」」

声をかけると、うるかと文乃の驚きの声が重なった。

声こそ出していないが、真冬に向けられる理珠の目も丸くなっている。

「そ、そうですね！　失礼しまーす！」

ぎこちない笑みと共に、うるかは駆け足でその場を離れた。

「えっと……失礼します」

「失礼します」

文乃が苦笑のまま、理珠は……わかりづらいが、少し気まずそうな表情だろうか。

それぞれ、ペコリと一礼して早足気味でうるかを追っていく。

「まったく……」

彼女たちの後ろ姿を見送りながら、真冬は腕を組んだ。その目つきは、うるかが言ったように鋭くなっていて……けれど。それが、ふっと緩む。

脳裏《のうり》には、昨日『まなつちゃん』と接していた彼女たちの姿が浮かんでいた。

「あれ……？　桐須先生、何か良いことでもありました？　嬉《うれ》しそうですね」

と、話しかけてきたのは成幸だ。

「錯覚《さっかく》。気のせいよ」

表情を引き締めながら、そう返し。

「そうですか……？」

「それより……昨日、『まなつ』がお世話になったようね。私からもお礼を言うわ」

小さく首を捻る成幸に、伝聞の体で改めて礼を述べる。

「いえそんな、別に大したことはしてないですし……あ、でも」

恐縮した様子を見せる成幸だが、その表情にふと微笑みが浮かんだ。

「今度まなつちゃんが遊びに来る時は、俺にも教えてくださいね」

そんな日は、決して訪れない。真冬に、二度と例の薬を飲むつもりはないのだから。

けれど。

「また会おうって、約束したんで」

「……ええ、そうね」

昨日は、散々な目に遭《あ》って……その想《おも》い自体は、今も変わらないけれど。

「その時は、また遊んであげてね」

決して、悪いことばかりが起こったわけでもなかったから。

「成幸おにーちゃん」

いたずら心で、そんな風に呼んでみる。

昨日は恥ずかしくて言えなかったのに、今度はサラッと口に出すことが出来た。

「へ……？」

「君も、そろそろ急がないと遅刻するわよ」

虚《きょ》を突かれたように固まる成幸を置き去りに、真冬も歩みを再開させる。

その口元には……誰からも、見られることはなかったけれど。

小さく、微笑みが浮かべられていた。

ぼくたちは勉強ができない
非日常の例題集

先人は[x]として
魔王たる彼へと迫る

ナリユキ・ユイガは魔に属する者たちの王、すなわち『魔王』である。

世界の果てに存在する、『魔王城』という名の少し古びた不気味な城。そこに配下の者たちと共に住まい、虎視眈々《こしたんたん》と世界征服を狙《ねら》っているのである。

「ククク……さぁて」

今日も今日とて玉座《ぎょくざ》に腰掛けたナリユキは、不敵な笑みと共に……。

「これで、マントの解《ほつ》れは修復出来たな」

一張羅《いっちょうら》のマントを縫《ぬ》っていた手を止め、満足げに頷《うなず》いた。

世界征服を目論《もくろ》む身でも……否《いな》、だからこそ。お金は大事、節約は重要なのである。少し解れた程度でマントを新調するなど、もっての外《ほか》だ。

「ナリユキー！　洗濯物、干し終わったよー！　今日珍しくいい天気だから、もっかいくらい洗濯しときたいね！　洗うものあったら出しといて！」

と、そんな元気な声と共に玉座の間に飛びこんできたのは魔王軍幹部の一人であるウルカ・タケモト。『水精霊の姫』の異名を持つ彼女は水の精霊たちから愛されており、水に関する様々な能力を行使することが出来る。その力があれば、洗濯もお手のものなのである。というわけで彼女の手には、大きな洗濯カゴが抱えられていた。

「ナリユキくん、この部屋も掃除したいからちょっとお邪魔してもいい？　はぁ……にしてもこの城、広すぎて掃除するのも一苦労だよ……あぁそうだ、壁が崩れかけてるとこがあったから補修もしとかないと……」

　次いで入ってきたのは、同じく魔王軍の幹部であるフミノ・フルハシだ。異名は、『ジショウの大魔道』。あらゆる魔法に精通しており、今も魔法で操られた掃除用具たちが彼女の背後をついて来ていた。箒《ほうき》に塵取《ちりと》り、ゴミ袋……手足が生えているわけでもないのに、その動きはまるで踊っているかのよう。

「ナリユキさん、本日のご飯はうどんでよろしいですか？」

　リズ・オガタが、更に続く。彼女も幹部で、『魔法工学の祖』という呼び名の通り魔法と工学を組み合わせた『魔具』という新たな概念《がいねん》を生み出した天才である。その背中から生えているようにも見える機械の手もリズが作り上げた魔具の一つであり、現在はうどん粉と思《おぼ》しき白い塊《かたまり》を元気にこねていた。コシのあるうどんを打つためにはこの段階で力強くこねることが重要であり、人体を遥《はる》かに凌駕《りょうが》する力を発揮できるこの魔具でこねるのが最適なのである……とは、彼女自身が以前ナリユキに鼻息も荒く語った内容であった。

「あぁ、三人共ありがとう。ウルカ、じゃあこのマントを頼めるか？　フルハシ、苦労をかけるな……壁の補修は俺がやっておくよ。オガタ、うどんで大丈夫だけど……むしろそれ、今からうどん以外に変更きくのか……？」

ナリユキは三人にそれぞれ返答し、最後はちょっと苦笑い。

「……………………はぁ」

それから、ふと深い溜め息を吐いた。

「ん？　ナリユキ、どうかした？」

「お腹《なか》痛い？　回復魔法かけようか？」

「私の診断魔具で、痛みの原因を究明することも出来ますが」

途端、三人の表情が心配げなものとなる。

「あぁいや、違う違う。どっか痛いとか体調不良とかじゃなくて」

慌《あわ》てて、ナリユキは首を横に振った。

「ただ……」

もっとも、その顔は未《いま》だ晴れやかとは言い難い。

「俺たちって、魔王軍だよな……？」

物憂《ものう》げな表情のまま、三人の顔を見回す。

「うん、そうだよ？」

ウルカが不思議そうな調子で頷いた。

「世界征服、目論んでるんだよな？」

「そうだね？」

フミノが、今更何を言ってるんだろうこの人……？　とばかりの表情で相槌《あいづち》を打つ。

「なのにお前ら、この状況に疑問を持たないのか……？」

「何に対してでしょう？」

何のことかサッパリです、とリズの顔に書いてあった。

「いや、だからな……？」

ナリユキは、もう一度三人の方を見回す。

正確に言えば、洗濯カゴ、掃除用具、うどん粉、に視線を走らせた形である。

「なんか俺ら、いっつも家事とか雑用とかばっかかに追われててさ……」

果たして、これは言ってもいいものかどうなのか。一瞬躊躇《ちゅうちょ》したものの。

「世界征服、全然進めてなくない……？」

結局は意を決して、真剣な表情でそう口にした。

実はナリユキ、この点について結構前から懸念を抱いていたのである。

自分の思い違いであってほしい、という願いも込めた言葉であった。

そして、それに対する三人の少女の反応は。

「「「…………あー」」」

え？　そんなことないでしょ？　ないよね？　いや、あるかも？　うん、ぶっちゃけある気がしてきたね。ていうか、そんなことあるわこれ完全に。

といった表情の変遷《へんせん》を見せた後に納得の声を上げる、というものであった。

「そういえば……」

「言われてみれば……」

「そうかもしれませんね……」

それぞれ、自《みずか》らが持ってきた道具に目を向けて微妙な表情を浮かべている。

「いやでもさ、しょうがなくない？」

しかし、それを不満げなものに変えたのはウルカだ。

「確かに、やらないわけにもいかないもんねー」

フミノは、苦笑。

「そもそも、城の規模に対してこちらの人数が少なすぎるのです。増員でもない限り、現状を変えるのは難しいと思いますが」

リズが淡々《たんたん》と告げる。

「まぁ、そうなんだけどさ……」

それはナリユキも理解していることだったので、不承不承ながら頷く。

彼女の言う通り、魔王軍はそこに所属する人員の絶対数が非常に少ない。今ここに集まった四人以外のメンバーもいるにはいるが、それも数える程である。

「はぁ……なんとかならないもんかなぁ……」

ままならない現状に、今一度溜め息が漏《も》れる。

「……ところでナリユキさん、そろそろ行かなくて良いのですか？」

「え？　何が？」

急に話題を変えたリズに、ナリユキは疑問を返した。

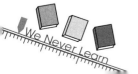

「そろそろ、コバヤシさんの商隊が城の近くを訪れる時刻では？　しかも今回は年に一度の特売だと、今朝から張り切っていたではないですか」

「げっ、そうだった！」

しかしリズの補足に重要事項を思い出し、顔が焦《あせ》りに染まる。

「やべっ、早く行かないと……！」

人里離れたこの辺りまで商売に来てくれる唯一の存在が、コバヤシという商人の商隊だ。魔王軍にとっては、彼との取り引きが実質物流の全てである。しかも年に一度の特売とくれば、絶対に逃すわけにはいかなかった。

「ありがとうオガタ、それじゃすぐに行って来……」

慌てて、商隊へと向かうために駆け出そうとしたところで。

——ビー！　ビー！　ビー！

城内に、そんなけたたましい音が鳴り響いた。

「うん……？　なんだ、この音……？」

初めて聞くその不穏な雰囲気のサウンドに、ナリユキは眉根を寄せる。

「これは……侵入者を知らせる、城の警報装置の音ですね」

「えっ？　この城そんなもん付いてたの？」

初耳の事実に、思わずリズの顔をまじまじと見てしまった。

「以前、私が設置した魔具です」

「俺、聞いてないんだけど……一応、城の主《あるじ》なのに……」

「正直、こんな辺境の城にわざわざ侵入する人がいるとは思っていませんでしたから……実験的な意味合いが強かったので、報告は控えていました」

「あぁ、まぁ……そうだよなぁ……」

言われて、ナリユキも納得する。

ナリユキは、少人数とはいえ仮にも一組織を纏《まと》める長の立場にある。一日に届く報告は、総量にすれば結構なものだ。瑣《さ》末事《まつごと》を耳に入れなかったのは、怠慢《たいまん》というよりはむしろリズの気遣いだろう。実際、警報装置設置の報告を聞いていたところで「へぇ、そうなんだ」と返すことしか出来なかったに違いない。

「って、二人とも！　そんな悠長《ゆうちょう》に話してる場合じゃなくない!?」

「そうだよ、侵入者なんでしょ!?」

ウルカとフミノに指摘され、ナリユキとリズもハッとした表情に。

「た、確かに……オガタ、侵入者の情報とかわかったりしないか？」

「とりあえず、映像を回します」

言いながら、リズはパンと手を打つ。

すると天井がパカリと開き、そこから一抱えほどの水晶が降りてきた。これまたナリユキの知らなかった仕掛けであるが、今はそれに驚いている場合ではない。一瞬光を放ったかと思えば、水晶に城の入り口付近の様子が映し出された。

その映像の中心にいるのは、一人の少女である。

身に纏《まと》うは輝く白銀の鎧《よろい》。背負った大剣は本来その小柄《こがら》な身には不相応なはずだが、この上なくしっくりとした姿に見えた。それは恐らく、彼女がその大剣を使いこなしている証左なのだろう。彼女が、歴戦の戦士であることは明白だった。

「たのもー！　アタシは、アスミ・コミナミ！　魔王サマとやらに用があって来た！」

水晶越しに、少女……アスミは、堂々と名乗りを上げる。

「「「……………」」」

一旦水晶から視線を外し、ナリユキたち一同は顔を見合わせた。

「これは、もしかするとあれでしょうか……？」

リズが、おずおずと疑問の声を上げる。

彼女が言わんとしていることは、恐らく全員が理解していた。

「魔王を倒しに来るっていうあの……？　いやいや、まさか今どきそんな……」

ウルカは、半信半疑……というには、かなり『疑』寄りの様子。

もっとも、それはナリユキとて同じだったが。

「ていうか、ナリユキくんってわたしたち以外にも魔王として認知されてたの……？」

「ひでぇ言い草だな……まぁ、俺も同感だけど……」

そう。今の魔王軍はぶっちゃけ辺境の、『超』が付く弱小勢力。ナリユキの存在が、広く知れ渡っているとは思えなかったが……彼女は、はっきりと『魔王』と口にした。

加えて、あの凜《りん》とした態度と戦装束《いくさしょうぞく》。

「あの人って、やっぱ……」

そこから導き出される、彼女を称するに相応《ふさわ》しい単語は一つ。

「「「「勇者」」」」

全員の声が重なった。

勇者……魔王と対《つい》となる存在、魔を討つ者。

「噂《うわさ》には聞いたことがありますが……」

「実在してたんだね……」

「やっぱり、ナリユキくんを倒しに来たのかなぁ……？」

「えぇ……？　俺、まだ世界征服どころか家事と事務作業しかしてないんだけど……？」

全員が全員、大層微妙な表情となる。

「おーい、誰もいないのかー？　勝手に進ませてもらうぞー？」

一方、水晶に映し出されたアスミは首を捻《ひね》った後で城内に向けて歩き始めた。

「と、とにかく勇者が来たんなら迎撃《げいげき》だ！　幹部を全員集めてくれ！」

慌ててナリユキも、ここにいないメンバーを招集するよう指示を出す。

しかし、三人の少女はちょっと困ったような顔を見合わせるのみ。

「ナリユキ、今ここにいるメンツ以外は全員今日からしばらく有休で遠出中だよ？」

「えっ、全員!?」

ウルカの言葉に、ナリユキは驚愕《きょうがく》を顔に浮かべた。

ちなみに魔王軍では有給休暇の取得が推奨《すいしょう》されており、その取得率は実に一〇〇％。ゆえに、幾人《いくにん》かが不在でも特に不思議ではないのだが。

「カワセとウミハラは!?」

「まだ見ぬスイーツを食べに行く、って言って遠くの街まで旅行中だよ」

同じ水精霊の使い手について、ウルカ。

「カシマ、イノモリ、チョウノはどうだ!?」

「確か……山ごもりするって言ってたかなぁ?」

可愛《かわい》い見た目に反した武道の達人たちについて、フミノ。

「セキジョウも!?」

「リズ・オガタのためのデートプランを考案したから下見に行く……とかなんとか、よくわからない理由でどこへとも告げず旅立ちました」

共に魔具開発を行っている科学者について、リズ。

三人それぞれから、幹部たちの不在の理由が説明された。

「ぐっ……そういえば、幻の幻獣《げんじゅう》インスタバエを探しに行くとか言ってオオモリも出掛けてるんだっけか……!」

そして唯一の男性幹部の不在理由をナリユキ自身が思い出し、ここにいるメンバー以外に幹部が誰も残っていないことが証明された。

「ぐむむ……」

しばし、どうするか悩んで唸《うな》るナリユキであったが。

「…………まぁ、有休なら仕方ないな」

結局、そう割り切ることにする。

もちろん、休暇中の幹部たちを呼び出したりはしない。

ナリユキは、部下のプライベートには干渉《かんしょう》しないタイプの魔王なのである。

「とにかく、今いるメンバーだけで迎え撃つぞ！」

「お〜！」

「わかったよ！」

「了解です」

ナリユキの号令に、三人が頷いて返してくれる。

こうして、魔王軍VS勇者の戦いの火蓋《ひぶた》は切られたのであった。

…○△×…

「……古いが、丁寧《ていねい》に手入れはされてるみたいだな」

薄暗い城の廊下を歩きながら周囲を観察し、アスミはそんな風に独《ひと》りごちた。

「こりゃ期待出来そうだ」

そして、ニッと笑う。

内心で『これから』の算段について考えながら、進むことしばらく。

廊下が途切れ、広めの部屋に出た。

「ここは通しません」

その中央に佇《たたず》むは一人の少女。

否……それを『少女』と称するのは少々語弊《ごへい》があるだろう。少女を収納した機械、とでも言うべきか。人型ではあるものの、全体のシルエットとしてはゴツゴツとした無骨なものだ。その身長は、アスミの倍はあろう。頭のてっぺんから足のつま先まで、全て金属製。にも拘《かか》わらず、時折見せるその動きは実に滑らかだ。

(噂の『魔具』ってやつか……しかし、こりゃもう『道具』ってレベルじゃないな……さしずめ、『魔装甲』ってところか?)

その見事な出来に、アスミとしては舌を巻く思いだった。これまで様々な『戦場』に顔を出してきた方だと思っているが、このような逸品《いっぴん》は見たこともない。

（て、ことはあれが……）

アスミは改めて、機械仕掛けの巨人の中心に埋まっているようにも見える少女へと意識を向けた。アスミも大概《たいがい》小柄な方だが、恐らくそれより更に小さい。もっとも、一部の成長具合はアスミとは比べ物にならないほどに豊かなようだが。

「アタシは、アスミ・コミナミってもんだが……」

「それは既《すで》に聞きました。私はリズ・オガタです」

アスミの言葉を遮《さえぎ》って、少女……リズがそう名乗った。

（やっぱり『魔法工学の祖』か……それに、ちゃんとアタシの名乗りも届いてたんだな。入り口が無人だったのも、単なる無警戒ではなかったってわけだ）

心中で頷きながら、アスミは魔王軍の評価を更に一段階上げる。

「そっか、よろしくオガタ。で、アタシの名前を聞いてたんなら用件もわかってんだよな？　オガタが案内してくれるのかい？」

そうではないことを雰囲気で察していながら、アスミは冗談めかして肩を竦《すく》めた。

「そうですね……私を倒すことが出来れば、いいでしょう」

ウィンと駆動音を鳴らしながら、『魔装甲』が半身に構える。

「はっ……やっぱ、そういうことだよなぁ……！」

アスミもニッと笑って、背負った大剣の柄《つか》へと手をかけた。

「そんじゃあアタシの戦闘力、しかと見てくれよ！」

全力で踏み出し、リズとの距離を一足で詰める。

「ふっ！」

剣を抜きながら、一閃《いっせん》。『魔装甲』の腕を斬《き》りつけた。

キンッ……と、軽い音。生じた事象は、たったそれだけだ。

「っ!?　……っとと」

あまりに強固な手応《てごた》えに思わずバランスを崩しかけたが、どうにかたたらを踏むだけに留めた。己《おのれ》が斬りつけたはずの場所に目を向ける。滑らかな金属の表面には、傷の一つも付いていなかった。

「無駄です。魔法工学とは、単に魔法で機械を動かすだけの技術ではありません。魔法によって強化されたこの金属の硬度は、もはやオリハルコンにも匹敵します」

そう語るリズの表情は変化に乏《とぼ》しいが、どこか得意げな色を帯びているように見える。

「正直なところ……元来、私は戦闘が得意な方ではありません。ですが」

そして今度はハッキリと、リズが不敵な笑みを浮かべた。

ゆったりと、しかし強烈な圧を伴《ともな》いながら動き出し……。

「身体能力を何十倍にも強化するこの魔具があればべしっ!?」

転んだ。

一歩目で、盛大に。

セリフの途中で、顔面から床に突っこんだ。

シン……しばし、室内が静寂に包まれる。

「あー……その、なんだ」

気まずさに頰《ほお》を掻《か》きながら、アスミが口を開いた。

「いくら身体能力が上がっても、運動神経がそのままじゃそうなる……ってことか……」

シン……沈黙は、恐らくは肯定《こうてい》ということだろう。なんてアスミが思っていたところ……

ジタバタと、『魔装甲』が両手足を動かし始めた。若干《じゃっかん》珍妙にも見える動作だ。

ジタバタ……ジタバタ……ジタバタ……ジタバタ……。

「……？」

恐らく何かしらの意図《いと》はあるのだろうが、アスミにはそれが読み取れない。

「あっ、いや……？　もしかして……」

しかしそこでふと、思いついたことがあった。

「それ……一回転んだら、自力で起き上がれないのか……？」

ピタリ。『魔装甲』の動きが止まったのは、やはり肯定を示しているのだろう。

「ったく、しゃあないなぁ……」

軽く苦笑して、アスミはリズの方へと歩み寄る。

「よっ……！　っと」

そして『魔装甲』の下に身体《からだ》を潜りこませ、全身を使ってそれを持ち上げた。

「おぉっ……？　見た目より断然軽いな……？」

思った以上に簡単に成せてしまったことに、驚きを覚える。

軽くて丈夫な金属……言うは易《やす》しだが、実際にそれを作り出すのは非常に難しい。そんな金属で全身が構成され、更に操縦者の身体能力を数十倍にも強化する。どう考えても脅威にならないわけがないだろう、というシロモノだと言えた。

もっとも……それも、操縦者に最低限のスペックが存在することとありきだと今回証明されたわけだが。

「すみません、助かりました……まさか、前に倒れるとほとんど身動きが取れなくなるとは……改善が必要ですね……」

再び見えるようになったリズの顔、その鼻の頭はちょっと赤くなっていた。恐らく、無防備に床にぶつかったためだろう。

あと、頬もちょっと赤くなっていた。こちらは物理的ダメージの影響ではなく、ド派手に転んでしまった恥ずかしさによるものか。アスミに礼を言った後、リズはふいと視線を逸《そ》らしてしまった。

「ところでアタシ、もう行ってもいいか？」

「え……？　ええ、どうぞ……？」

どこか上の空な調子での返答を受けて。

「それじゃ、失礼して」

スチャッと手を上げ、アスミは先を行くことにしたのであった。

アスミが部屋を出てから、少し経《た》って。

「…………ん？」

一人羞恥《しゅうち》に悶《もだ》えていたリズは、ふと表情を改める。

「そういえば、何かを忘れているような……？」

アスミの迎撃という己の役割をリズが思い出すのは、もう少し先のことであった。


…○△×…


「ん……？」

再び薄暗い廊下を歩いていたアスミは、また開けた場所に出たところでピクリと眉を動かした。先程の部屋が普通の石造りだったのに対して、ここは随分《ずいぶん》とカスタマイズされているようだ。なにしろ、床のほぼ全てが水面になっているのだから。

「こりゃ、なかなか凄《すご》いな……」

誰にともなく発した呟《つぶや》き。

「ふふっ、驚いてくれたかなっ？」

それに対して、そんな反応があった。直後、水面が僅《わず》かに揺れたかと思えばザバンと水中から勢いよく少女が飛び出してくる。他に人の影はなく、であれば先の声は水中から発せられたものなのだろうが、その割にはとてもクリアにアスミの耳まで届いていた。

（てことは、今度は『水精霊の姫』……か）

褐色《かっしょく》の肌を水着で包んだ目の前の少女に、アスミはそう当たりを付ける。

「あたしは、ウルカ・タケモト！」

果たして、少女……ウルカはアスミの予想通りの名を名乗った。

「リズりんのとこは抜けてこれたみたいだけど、あたしはそうはいかないよ！」

そして、不敵に笑う。

「なにせここは、ナリユキに頼みこんで作ってもらった水フィールド……そして、あたしは水の中じゃ無敵なんだから！」

ウルカの声に同意を示すかのように、彼女の周囲では元気よく水の精霊が飛び回っていた。その数は尋常《じんじょう》ではなく、あまりに多くの精霊が集まりすぎて「ちょっ、精霊さんたち集まりすぎ!?　あたしが見えなくなっちゃうから！　今の、あたしの決め台詞《ぜりふ》だから！　もうちょっと大人しくしてて!?」などと逆にウルカ自身が慌てているほどである。

「……なるほど。姫、ね」

アスミは小さく独りごちる。精霊使い自体希少な存在ではあるが、これまでに見たことがないというわけではない。しかしこの少女は、アスミが出会ってきた精霊使いとは文字通り『桁違い《けた》』だ。それは周囲を飛び回る精霊の数にしてもそうだし、下級精霊に交じって上級精霊の姿までもが垣間《かいま》見えることから質の面でも言えること。しかも、無理矢理に従わせているのではなく精霊の方から自主的に集まっているように見えた。

「水の中じゃ無敵、って言うなら……だ」

しかしアスミもまた、不敵な笑みを浮かべる。

「普通に、水以外のところを進んでくわ」

そして、部屋の端《はし》に架かっていた橋を渡ることにした。

「あぁっ!?　ナリユキたち用に作った連絡路を!?　ちょ、ちょっとー！　そういうのズルくないですかー!?　ルール違反っていうか！」

水の中から、ウルカが動揺した調子で叫ぶ。

「ふっ、戦いにルールなんてない……それこそが戦場のルールだ、覚えときな」

「ぐっ、ちょっと格好いいのが余計悔しい……！」

連絡路を軽快に歩いていくアスミを見ながらしばらく「ぐぬぬ」と唸っていたウルカだ

が……流石《さすが》にこのままアスミを通すのはマズいと思ったのか、彼女も連絡路に上がってきてアスミの前に立ちはだかった。

「はぁ……仕方ない、この上で戦おう……はぁ……せっかくの水中戦だってテンション上がってたんだけど……はぁ……まぁこれはあたしが悪いよね……はぁ……」

何度も溜め息を吐きながらの露骨にテンションが下がった状態で、ではあったが。

「…………………」

これには、アスミも少々良心の呵責《かしゃく》を覚えないでもない。

「ったく、しゃあないなぁ……」

ゆえに、軽く苦笑して肩を竦めた。

「わかったわかった。じゃあ水中で勝負しよう」

「ホント!?」

途端、ウルカの表情がパッと輝く。

「ただ、水中で普通に戦うんじゃ正直アタシの方が不利すぎる。多少は魔法も扱えるが、基本アタシの戦闘スタイルは剣士だからな。というわけで……」

そこで一瞬間を空け、上手《うま》い勝負方法はないかと思案。

「戦闘行為一切無しの、純粋な競泳勝負ってのはどうだ？」

言ってから、流石にこれは無理筋か……？　とアスミの頰を一筋の汗が流れる。

「うんっ、いいよ！　それじゃあたし、精霊さんたちの力も借りないね！」

しかし、ウルカはニパッと笑ってあっさりと受け入れた。

それどころか、自ら更に縛り要素まで申し出た形である。

「あっ、でもそっちは水着持ってないよね……？」

「あぁ、それなら大丈夫。こんなこともあろうかと……思ってたわけじゃ流石にないが、一応持ってきてるから」

「えっ、剣以外何も持ってなくない？」

「いや、実は鎧のここが魔法ポケットになっててな……」

「わっ、水着が出てきた！　いいなー！　収納に便利！」

「……ところでお前、見たとこ十七か十八だよな？　アタシ、十九歳なんだけど？」

「えっ!?　そう……だったんですか!?　こ、これは失礼をば！」

「まぁ、よくあることだからいいんだけどさ……」

なんて、割と和気藹々《あいあい》とした感じで会話した後。

普通に競泳で勝負した。

そして、その競泳勝負も終わり。

「ホントに速《はえ》ぇな、タケモト。アタシの完敗だよ」

「い、いやぁ、それほどでもぉ……」

アスミに気持ちのいい笑みを向けられ、ウルカは照れ照れと頭を掻いていた。

「そんじゃ、アタシは行くから。よければ、また勝負しような」

「はい、こちらこそ！　お付き合いありがとうございました！」

共に泳いだことでどこか戦友めいた感情を抱くようになった年上の小柄な少女を、ビシッと頭を下げて見送る。

「ふぅ、思いっきり泳げたー！　やっぱり一人で泳ぐより二人の方が楽しいよね！」

アスミの気配が部屋の中から消えたところで顔を上げ、ウルカは満足げに笑った。

「…………ん？」

それから、ふと表情を改める。

「そういえば、何かを忘れているような……？」

アスミの迎撃という己の役割をウルカが思い出すのは、もう少し先のことであった。

・・○△×・・

「……ついに、ここまで来てしまったんだね」

次の部屋でアスミを待ち構えていたのは、黒を基調とした衣装を身に纏った少女だった。宝玉を頂《いただ》く杖《つえ》を手にしていることから、恐らくは魔法使いであろうと推察出来る。であればアスミが聞いている限り、魔王軍に該当《がいとう》する人物は一人しかいない。

「続いては、フミノ・フルハシのお出迎えか。随分手厚く歓迎してくれるんだな」

「わたしのこと、知ってるんだ？」

推測した名を口にすると、果たしてフミノは言外に肯定を返してきた。

「一応、魔王軍のことは一通り調べてきたんでね。これで、割と職業意識は高いんだ」

飄々《ひょうひょう》とした態度を保って、アスミは肩を竦《すく》めてみせる。

「そっか。だから、リっちゃんやウルカちゃんについても対策済みだったってわけだね。それで、二人を下してここまで辿《たど》り着いた……と」

フミノは、どこか納得したような調子でそんなことを言ってくるが。

(いや、ぶっちゃけそれはあんまり関係なかった……)

とは、心の中で思うだけに留めておく。

(しかし……どうも、今までの二人とはちょっと雰囲気が違うな)

同時に、そう考えて密《ひそ》かに気を引き締める。

「出来れば二人のどっちかに止めてほしかったんだけど……仕方ないね」

そっと目を伏せる彼女からは、どこか悲壮《ひそう》な『覚悟』を感じるのだ。とぼけた雰囲気もあった先の二名とは、内に秘めた感情の質・量共に一線を画する感じがした。

再び視線を上げたフミノが、ジッとアスミを見据える。

「当然、わたしの二つ名だって知ってるんだよね?」

「『事象の大魔道』、だろ?」

「その由来も?」

「あらゆる事象を魔法で発生させることが出来るから、って聞いてるが」

「そっか……そんな風に伝わってるんだね」

「実際は違うって?」

表面上平静を保ってはいたが、フミノの言葉に全く動揺しなかったと言えば嘘《うそ》になる。

（マズいな……ただでさえ魔法は得意分野じゃないってのに、隠し玉まであるってんじゃ一発ダウンさせられる可能性もあるぞ……それじゃ、ここに来た目的が……）

むしろ、焦りから脳はフル回転していた。

「リっちゃんやウルカちゃんを倒した人を相手に、油断はしないよ。最初から……わたしの、最大の魔法を出させてもらうから」

フミノが浮かべるのは、その勇ましい発言とは裏腹に儚《はかな》げな笑み。

（実はその二人倒して来たわけじゃないッスー、って言ったら手加減してくれねぇかな……一応この鎧もかなりの魔法防御力を誇《ほこ》るはずだけど、耐えきれるか……？）

不敵な笑みを顔に貼り付けながら、アスミはフミノの一挙一動に注意を払う。

「今からわたしが放つのは、不可避の魔法。どんな結界も防具も意味をなさないよ」

内心を見透かされたかのような発言に、ドキリと心音が跳ねた。

「この魔法は、お互いの差を残酷《ざんこく》なまでに明らかにするの。それが大きければ大きい程、魔法の威力も上がる」

（魔力の差で威力が決まるってことか……？　こりゃ本格的にヤバそうだな……）

「そして、それが大きければ大きい程にわたし自身をも傷つける」

（しかも、自爆系……？　強力なのが約束されてるようなもんじゃねぇか……）

「ゆえに、わたしは『自傷の大魔道』」

（あ、これマジで逃げた方がいいかも……）

タラリと頬を汗が流れると同時、アスミは踵《きびす》を返そうとする。

「行くよ！」

しかし、どうやらその判断を下すには遅きに失したらしい。

「持たざる者の痛みを知れ……！　大魔法、『キョウイの格差』！」

フミノの身体が強烈な光を発し、部屋全体が眩《まばゆ》く照らされる。

思わず身体が固まり、アスミは目を細めざるをえなかった。

そんなアスミの、目の前で。

ポンッ……。

「っ……？」

小さな爆発が起こった。

が、アスミの身体に怪我《けが》などはない。

爆発の威力は、イタズラで驚かすのに使う程度のものでしかなかったのだ。

「…………？」

そして、それ以上何かが起こる気配もない。

光もすぐに収まってしまった。

「……？　何が起こったんだ……？」

状況が把握《はあく》出来ず、アスミは首を捻る。

「あれ……？」

しかし、意外な結果だったのは向こうにとっても同じらしい。

フミノもまた、不思議そうに目をパチクリと瞬《またた》かせていた。

「あの……ごめん、ちょっと鎧脱いでもらってもいいかな？」

「はい……？」

かと思えば急なお願いに、アスミはますます混乱する。

「あっ、絶対危害は加えないから！　魔神様に誓って！　お願い！」

「ま、まぁいいけど……」

どういうことなのかはサッパリ理解出来ないが、深々と頭を下げられては断りづらい。

というわけで、アスミは言われた通りに鎧を脱いでみせた。

「ふむ……ふむ……」

無防備に歩み寄って来たフミノが、まじまじとアスミのことを観察する。

それも、主に胸部を。

「なるほど……推定、B。比較的同類さんだったわけか……」

そして、何やら一人納得した様子に。

「でも、三つは年下だろう子に負けてるは負けてるんだなぁ……」

かと思えば、なぜか急に落ちこみ始めた。

「ちょっと、何を言ってるのかよくわかんないんだけどさ……これだけは言っとくが」

同時に、アスミのこめかみにピキリと血管が浮く。

「アタシは十九歳だからな？」

「えっ!?　そうな……ん、ですか!?」

若干苛立《いらだ》ちながら言うと、フミノもウルカの時と同じく驚きを前面に表した。

「じゃあ、年上……!?　それなら……わたし、まだ希望を持っててもいいんですよね!?」

そして、今度はどこか縋《すが》るような目で迫ってくる。

「ま、まぁ、そうなんじゃないか……？」

その迫力に押され、わけもわからないまま思わず肯定してしまった。

「ですよね！　ありがとうございます！　ありがとうございます！」

嬉《うれ》しそうに、ペコペコと何度も頭を下げてくるフミノ。

「あー……じゃあ、アタシはもう行くから……」

ぶっちゃけちょっと怖くなってきて、アスミは先に進む素振りを見せてみた。

「はい！　お疲れ様でした！」

大きく頭を下げるフミノに、追ってくる気配はない。

なので、そのまま本当に部屋を出ることにする。

「なんだったんだ、結局……？」

無事に進めたのはいいが、アスミの頭の上には疑問符が沢山《たくさん》浮かんでいた。

「……………あっ!?　そういうことか!?」

しかし、しばらく歩いたところでそれがついに氷解する。

「キョウイの格差って……『胸囲』の格差!?　フルハシとの胸囲の差……つまり、胸がデカい奴ほどダメージ受けるってことか!?　なんてアホな魔法だ!?」

もっとも、謎《なぞ》が解けたところで脱力する思いに襲われただけだったが。

アスミが行った先から、「なんてアホな魔法だ!?」なんて叫び声が聞こえてくる中。

「いやぁ、よかったよかった……年上ならセーフだよね……まぁ、負けたのは事実だけど……体格的にも、向こうの方がだいぶちっちゃいけど……でも、一年分向こうにアドバンテージがあるわけだしね。これは仕方ないよ、うん」

己を納得させるように、うんうんとフミノは頷いていた。

「…………ん?」

それから、ふと表情を改める。

「そういえば、何かを忘れているような……?」

アスミの迎撃という己の役割をフミノが思い出すのは、もう少し先のことであった。


ついに、玉座の間へと姿を現したその少女を前に。

「ククク……我が幹部たちを退《しりぞ》け、よくぞここまで辿り着いた」

ナリユキは、精一杯魔王っぽい雰囲気を醸《かも》し出そうとしながら対峙《たいじ》した。

「退けたっていうか、お宅の部下たちが勝手に退いていっただけなんだけどな」

「うん……それは、まぁ……うん」

もっとも、アスミの指摘を受けて即座に微妙な表情となってしまったが。水晶越しに彼女たちの戦い（？）を見ていた身としては、そうもなろうというものである。

「ま、まぁ、気にすんなよ。そういうこともあるって」

挙げ句、アスミに慰《なぐさ》められる始末であった。

（勇者に慰められる魔王って何なんだろうな……）

と、ナリユキとしては更に落ちこむ結果にしかならなかったが。

「それはともかく、だ」

しかし、ニッとアスミが挑発的な笑みを浮かべたところで流石に気を引き締める。

「次は、ついに魔王サマ直々《じきじき》にお相手してくれるのかな？」

「いや……」

「否定」

言葉を遮る形で、ナリユキの背後から女性の声。

「まだ乗り越えるべき試練は残っているわ……コミナミさん」

程なく、声の主がナリユキの隣にまで歩み出た。

アスミに勝《まさ》るとも劣らない立派な鎧に、こちらはアスミとは対照的な細身の剣。スラリとした長身のスタイルも相まって、まるで演劇に出てくる高貴な女性騎士のような姿だ。

「よろしくお願いします、先生！」

件《くだん》の人物に向けて、魔王の威厳《いげん》も何もなくナリユキは頭を下げる。

彼女は、魔王軍の幹部ではない。というか、魔王軍の所属ですらない。

マフユ・キリス……個人的な義理によりナリユキに力を貸してくれている用心棒だ。ちなみに報酬《ほうしゅう》――同時にそれは『個人的な義理』の中身でもある――は時折ナリユキが彼女の家を掃除しに行くことなのだが、それは（主にマフユの名誉のために）誰にも明かすわけにはいかない秘密である。

ともあれ……家庭でのズボラな姿はともかく、キリリと騎士然とした表情を浮かべる今の彼女のことをナリユキは大いに信頼していた。単純な戦闘力でいえば、マフユは魔王軍の誰よりも上回っている。

「あれっ……？　マフユ、センセ……？」

そんなマフユを見て、アスミは意外そうな表情を浮かべていた。

が、ナリユキにとってはその反応こそが意外なものである。

（センセ……？）

その呼び方にも違和感を覚える。

ナリユキが彼女を『先生』と呼ぶのは、マフユが『用心棒の先生』だからである。しかし、アスミにとっては当然そうではないはずだ。

「コミナミさんは、かつての剣の教え子なのよ」

ナリユキの疑問を見て取ったか、マフユがそう説明してくれた。

「久しぶりね」

「そうですね、センセ。確か、例の『戦場』以来……」

「コミナミさん」

アスミの言葉を遮り、マフユは剣の柄に手をかける。

「禁則。それについて口外することは許さないわ」

その口調、そして目に宿った温度は氷点を大幅に下回ったものだ。アスミに向ける視線は、それだけで人を殺せそうな程に鋭《するど》い。

「ま、確かにあの時のセンセは……」

一方のアスミは、どこか楽しげにニヤリと笑っていたが。

「ふっ！」

「っとぉ!?」

マフユが突如《とつじょ》斬りかかったことで流石に泡を食ったような表情となり、慌てて自らの大剣でマフユの剣を受け止めた。

「沈黙、それ以外にあなたが生き残る術《すべ》はないと思いなさい」

「ははっ、そういう警告は今度から斬りかかる前に言ってほしいもんですね」

睨《にら》むマフユと、苦笑を浮かべるアスミ。

鍔《つばぜ》迫り合いになり、至近で二人の視線が交錯《こうさく》する。

「そんなにあの『戦場』のことは思い出したくないですか？」

「当然……あの悍《おぞ》ましい出来事のことなど、一刻も早く忘れたいわ」

マフユの口調は、吐き捨てるようなものだった。

（ど、どんな悲惨《ひさん》な戦場だったんだ……？）

頭の中でモザイク入りの戦場を思い浮かべ、ナリユキはブルリと身体を震わせる。

そんなナリユキが観戦する中。

「せっ！」

「くっ……後は剣で語りましょう、ってとこですか？」

半歩下がるとともに放たれたマフユの斬撃を、アスミが再び大剣で受け止めた。

「いいですよっ！」

そして、今度は自ら攻撃に転じる。

小柄な体軀《たいく》で、しかし大剣の重量に振り回されることもなく見事に鋭い斬撃を繰り出すアスミ。自身の体重まで乗せたその剣は、当たれば一撃必殺。しかもそれは、ナリユキの目には確実にマフユの身体を捉《とら》えた軌道《きどう》に見えた。

「甘い！」

にも拘わらず、マフユは上半身を大きく後ろに反らすことでそれを避《よ》ける。非常に柔軟《じゅうなん》な身体とバランス感覚を持つ彼女だからこそ出来る芸当だった。もしナリユキが同じ動きをしようとすれば、たちまちすっ転んでしまうことだろう。

「はぁぁぁぁぁぁぁぁぁぁぁぁぁぁ！」

しかもマフユは、そのまま反撃まで放ってみせた。アスミは流石に振り切った剣の重量に引っ張られて多少身体が流れており、どうにか一撃受け止めたものの大きく体勢を崩す。今度は彼女の方に危機が訪れた形だ。

「はっ……残念ながら、甘いのはセンセの方ですよ？」

しかし、どうやら本人はそう思っていないらしい。不敵な笑みを浮かべ……なんとアスミは、自ら剣を手放した。戦いの最中にあって、普通はありえない行動である。

「なっ……!?」

それはマフユにとっても予想外だったらしく、虚《きょ》を突かれた表情となっていた。

（けど、これで武器を持ってるのは先生だけ……！　先生の勝ちだ！）

ナリユキは心の中でそう断じる。

が、しかし。

「これで終わりです、センセ！」

アスミは鎧の魔法ポケットから小さな水筒を取り出したかと思えば、素早くその蓋を開けて中身をマフユの口に向けて放った。

「ごほっ!?」

口の中に飛びこんできた液体に、たまらずといった様子でマフユが咳《せ》きこむ。大部分はそれで口外へと放出されたようだが、多少は飲みこんでしまったように見えた。

そして。

「何を、飲ませ…………」

バタン！

言葉の途中で、マフユは糸の切れた操り人形のように倒れ伏した。

「先生!?」

思わず、ナリユキはマフユのもとへと駆け寄る。

「ま、まさか毒……!?」

「いや」

顔を青くするナリユキに対して、アスミはゆっくりと首を横に振った。

「酒だ」

そして、ニッと笑いながら水筒を揺らしてみせる。

「うぅん……偉いわコミナミさん……ちゃんと剣の鍛錬《たんれん》を続けていたのね……ユイガ君も、いつも魔王として頑張《がんば》っていて偉いわよ……」

倒れたまま、むにゃむにゃとマフユがそんなことを呟き始めた。

「あー……」

それを見て、ナリユキも納得。マフユが酔っ払った姿は、何度か見たことがある。彼女は滅法酒に弱く、しかも酔うと褒め上戸《じょうご》になるのだった。

「あのー……とりあえず、先生を寝かしつけてきていいっスか」

半笑いで、おずおずと尋《たず》ねるナリユキ。

「もちろん。エスコートは任せたよ、魔王サマ」

それに対して、アスミはウインクと共に冗談めかして答える。

許可を受け、何はともあれマフユを背負って客室へと運んでいくナリユキであった。

マフユを寝かしつけてきたらしいナリユキが、玉座の間に戻ってきたところで。
「そんじゃ仕切り直しといきましょーか、魔王サマ」
ナリユキに向けて、アスミはニッと挑発的に笑った。

「ええ、そうですね」

ナリユキもまた、笑う。

「それじゃ……」

アスミが、大剣の柄に手をかけ。

「はい……」

ナリユキが、直立の体勢から少しだけ足を開いた。

そして、大きく動いたのは両者同時。

「はぁぁぁぁぁぁぁ……！」

アスミが地を蹴《け》ってナリユキへと迫るが、それが届くよりも僅かに早く。

「参りましたぁ！」

ナリユキが、土下座の体勢を取った。

「あぁぁ…………あん？」

ナリユキの目の前にて大剣を振り上げた状態で、アスミはその動きを止める。

「…………え？　それ、マジのやつ？　油断させるためのフリとかじゃなくて？」

「魔神に誓って、マジ中のマジです」

パチクリと目を瞬かせるアスミに対して、ナリユキは頭を下げたまま断言してきた。

「えっと……魔王、なんだよな？」

「はい、魔王です」

「魔王軍で一番強いんだよな？」

「いえ、むしろ一番弱いですね。なので、仲間がやられた時点で詰みです」

「え、なんで？」

「逆に聞きますけど、王が強い意味ってあります？　求められるのは政務をこなす能力であって、武力じゃないですよね？」

「いや、魔王って力で部下を押さえてる感じなんじゃねーの……？」

「そういう魔王も中にはいるのかもしれませんが、俺は事務職系魔王なんで」

「事務職系魔王」

「魔王になったのも、選挙で選ばれたからですし」

「選挙」

「つっても少人数なんで、学級委員を押し付けられた程度のもんですけどね」

「学級委員」

ついに、アスミはナリユキの言葉をオウム返しに繰り返すだけの機械と化す。

「とはいえ、俺がこの組織のトップなのは事実です。だから、責任は取ります」

そこで初めて、ナリユキが顔を上げた。

「俺はどうなっても構いません……ただ、部下の皆は見逃してもらえませんか？　魔王の首があれば十分でしょう、勇者殿」

「勇者殿」

ナリユキとしてはシリアスに移行したつもりだったのかもしれないが、アスミ的にはちょっとまだ復旧が追いついておらず、またも言葉をオウム返しに繰り返す。

「……あー、もしかしてそういうこと？」

とはいえ何となく事情……自分とナリユキたちの間にどうやら認識違いがあるらしいことを察し、アスミが微妙な表情と共に頭を掻いた時のことである。

「ちょーっと待ったぁ！」

「だよ！」

「です！」

玉座の間に、三人の少女が転がりこんできた。

「ナリユキ、何言ってんのさ！」

「水臭いこと言わないでよ！」

「私たちは、一蓮托生《いちれんたくしょう》です！」

ウルカ、フミノ、リズの三人がナリユキを庇《かば》う形でアスミとの間に割りこむ。

「……ていうか、責任っていう意味じゃ普通に通しちゃったわたしたちの責任だしね」

「うん、まぁ……」

「不覚でした……」

そして、若干気まずげな表情となった。

「待てお前ら……！　組織の長ってのは、こういう時に首を差し出すためにいるんだ！」

一方その後ろで、ナリユキは覚悟の決まった表情で言い切る。

「やだナリユキ、格好いい……」

「ちょっとウルカちゃん、流されないで!?　仮にそれがある種の正しさをはらんでいるとしても、こんな物理的な意味じゃないから！」

「私たちは、こんなことのためにナリユキさんを魔王に選んだのではありません……！」

喧々囂々《けんけんごうごう》、各々《おのおの》が言いたいことを言っているせいで非常に騒がしい。

「あー……皆さん、チョットイイデスカー？」

しかしアスミがそんな声を上げると、一斉に黙《もく》してアスミの方に目を向けてきた。どうやら、この場の裁定者はアスミであると見做《みな》されているらしい。もっとも、その判決如何《いかん》によってはすぐにでも噛《か》みつくぞ……と、少女たちの顔にはありありと表れていたが。

「なんつーか……そもそもの話なんだけどさ」

どこから話すべきかと迷うも、まずは最大の誤解を解いておくべきかと判断。

「アタシ、別に勇者でも何でもないんだけど」

そう告げると、一同キョトンとした表情となった。

「「「……？」」」

この人は何を言ってるんだ……？　とばかりに、顔を見合わせ。

もう一度、アスミの方に目を向けて。

「「「…………………」」」

「「「……えぇぇぇぇぇぇぇぇぇぇぇぇぇぇぇぇぇぇぇぇぇぇぇ!?」」」

しばしの沈黙を挟んだ後に、一斉に驚きの声を上げた。

「「「「求職者ぁ!?」」」」

アスミの説明を受けて、またも一同合唱。

「なんか、人手が足りてないって聞いたからさ。アタシとかどうかなー、って」

一方のアスミは、実に軽い調子で語る。

「いや、えっと……そもそも、どこでその話を……？」

混乱する頭で、どうにかナリユキはその質問を絞り出した。人手不足なのは事実であるが、それはあくまで魔王軍内部の事情。別段、求人募集などを出していたわけではない。

「それは……」

「だってナリちゃん、最近会う度《たび》に人が足りない人が足りないってボヤいてたでしょ？」

アスミの言葉に被さる形で、男の声。

いつの間にか、玉座の間に新たな訪問者が現れていた。

「コバヤシ!?」

魔王城の近くまで行商に来てくれる希少な商人、コバヤシだ。

「有休消化率一〇〇%、残業代全額支給、ていうかそもそも残業自体ほぼ無し、福利厚生もしっかりしてて上司も偉ぶったりしないし、部下のプライベートを大切にしてくれる……こんなホワイトな職場が人手不足とか、ありえないって」

なんて言って、パチンとコバヤシはウインクする。

「え……? でもそんなの、普通のことだろ……?」

意味がよくわからず、ナリユキは眉根を寄せた。

己が特別なことをしているという感覚など、全くないためだ。

「ナリちゃんは、たぶんそんな認識なんだろうなーって思ってたけどね。世の中、そんな職場は希少なんだよ。だから、彼女を紹介しようと思ったんだ」

苦笑気味に笑うコバヤシの目が、アスミの方に向いた。

「ちょうど職を探してる時に良い話を聞いたんでね。面接に来たってわけだ」

その視線を受けて、アスミがニッと笑う。

「ちょ、ちょっと待ってください……!? 面接に来た……!? それで、なんで俺らとバトルする感じの流れになったんです……!?」

ますます混乱が広がり、わけがわからなくなってくるナリユキ。

「それは、お前らがなんかやる気満々な感じだったからだけど」

「「「……………あー」」」

しかし振り返ってみると、割と自業自得感が漂っていることに気付いた。

思えば、確かにアスミは自ら『勇者』だなどとは一言も名乗っていない。「魔王サマとやらに用があって来た」という彼女の言葉を、勝手にナリユキたちが深読みしてしまっただけの話である。

「えーと、その……この度は、とんだ失礼をば……」

「ま、とはいえアタシにも非はある」

深々と頭を下げるナリユキに、アスミが苦笑を返してきた。

「やっぱ魔王軍っていうと、どうしても荒くれ者共ってイメージがあったからさ。おっ、面接もこういう感じで戦闘力重視なのかな？　とか思っちゃったんだよ。魔王サマが土下座した辺りでようやく、あれっなんかおかしいかなー……？　って気付いたわけ」

それはナリユキたちを気遣う言葉ではあるのだろうが、恐らく事実でもあるのだろう。

アスミも、若干気まずげな表情を浮かべていた。

「まーでも、おかげで職場の雰囲気ってやつはよくわかったよ」

それが、笑みに変わる。

「あっ、いや！　別に、いつも今日みたいに殺気立ってるわけでは……！」

「そうじゃなくて、さ」

慌ててフォローしようとするナリユキに、アスミはゆっくり首を横に振った。

「うん……いい職場だな、ホントに」

リズ、ウルカ、フミノ、ナリユキ……と順に顔を見回し、笑みを深めるアスミ。それはこれまでに彼女が見せてきたイタズラっぽいものではなく、優しげな微笑《ほほえ》みだった。

「ま、そういうわけで」

もっとも、それもすぐにニヤリとした笑みに変わったが。

「アタシを、雇ってくれない？　結構働くよ？」

この問いに対するナリユキ個人の答えとしては、「是非《ぜひ》ともよろしくお願いします！」である。ただでさえ人手不足なのだし、アスミの戦闘力が加われば心強いことこの上ない。

しかし、一緒に働くことになるのはナリユキだけではない。仲間の意見も聞かねば……と思い、三人の方へと目を向ける。

すると彼女たちは、お互いに顔を見合わせて。

「「「是非ともよろしくお願いします！」」」

と、ナリユキが考えていたものと全く同じ返答と共にアスミへと頭を下げた。

「そんな即答して、いいのか？　自分で言うのもアレだが、お前らにとっちゃアタシはついさっきまで敵と見做して交戦してた相手だろ？」

これには、アスミが少し意外そうな表情となる。

「それはわたしたちの一方的な勘違いですし、むしろ穏便に済ませていただいてありがとうございますと言いますか……」

「私は、むしろ助けていただきましたし」

「あたしなんか、泳ぎにまで付き合ってもらっちゃいましたしねー」

それに対する三人の反応は、半笑いであった。

「うん……俺も、人柄含めて一緒に働きたいと思っています」

仲間たちも同意見ならと、ナリユキも改めて頷く。

「というわけで、これからよろしくお願いします」

「そっか……そんじゃよろしくな、魔王サマ」

ナリユキが差し出した手にアスミが手を重ね、固い握手が交わされた。

「とはいえ……今のとこ戦闘の予定とか全くないんで、しばらく暇にさせちゃうかもしれないんですけど」

「うん？　なんで？」

苦笑気味に言うナリユキに、アスミが首を傾《かし》げる。

「いえ、お恥ずかしながら世界征服の準備とか全く整ってない状況でして……」

「じゃなくてさ。なんで、戦闘がなけりゃアタシが暇になるんだ？」

「なんでっていうか……だって、剣士ですよね？」

「いや、違うけど？」

「へ？」

あっさりと否定されて、今度はナリユキが首を傾けた。

「あぁ、もしかして魔法も使えるから魔法剣士とかそういう……」

「そういうわけでもなくて……まぁいいや、実際見た方が早いだろ。ちょっと着替えてくるから、待っててもらえる？」

「え、あ、はい」

話の途中で踵を返したアスミの背を、ナリユキは疑問符を浮かべながら見送る。

流石に、ずっと鎧姿でいるのは疲れるのかな……？　などと思っていた折。

「それじゃナリちゃん、用事も済んだし俺はここらでお暇《いとま》するよ」

と、コバヤシに肩を叩かれた。

「商品の注文とかは、後でまた商隊の方に来てね。まだしばらくはこの辺りにいるから」

「あ、あぁ……」

未だ戸惑《とまど》ったままのナリユキの顔を見て、クスリと笑うコバヤシ。

「ちなみに、彼女の働きについては俺が保証するよ。たぶん最初は驚くと思うけど、ね」

そのイタズラっぽい笑みを崩さないまま、歩き出す。

「結局、どういうことなんだ……？」

コバヤシの背中を見送りながら、首を捻るナリユキであったが。

答えは、すぐに知ることとなった。


しばらく後。

「「「おぉっ!?」」」

驚きの表情を浮かべるナリユキたちの前には、掃除に洗濯、皿洗い、料理、崩れかけていた壁の補修まで、猛烈《もうれつ》な勢いでこなしていくアスミの姿があった。

彼女が現在身につけているのは、フリルの多いメイド服である。剣士姿の時は凛々《りり》しい印象が先立っていたが、こうして見ると彼女の愛らしさがよくわかる。

「とまぁ、この通り。剣士はまぁ片手間っつーか、旅路は何かと物騒だからな。移動する時はあっちの格好なんだけど、アタシの本業はメイドなのさ」

一通り家事を片付けた後、アスミは軽くスカートを摘《つま》んでみせた。

「メイドじゃ、不満かな？」

「「「とんでもない！」」」

小悪魔的な笑みを浮かべるアスミに対して、一同ブンブンと首を横に振る。

「これは思わぬ朗報というか……むしろ滅茶苦茶ありがたいです。改めてよろしくお願いします、コミナミ先輩」

代表して、ナリユキが一礼。

「うん……？　その、『先輩』ってのは……？」

その呼称に、アスミが不思議そうにナリユキを見た。

「流石にこの広い城の家事を全部任せるわけにもいかないんで、今まで通り俺たちでも分担しようと思ってるんです。だから、コツとかを教われればと思って……『先生』だとキリス先生と被っちゃうので、それで『先輩』です」

「なるほど、ね」

納得の表情で、アスミが一つ頷く。

「悪くない響きだ。よろしくな、後輩共」

そして、そう言って微笑んだ。

「そんじゃ、早速まだ残ってる作業片付けに行くか！」

「「「はいっ！」」」

歩き出したアスミの言葉に、一同元気よく返事してついていく。

「……っと、そういえば」

かと思えば、ふと何かを思い出したような表情でアスミが足を止めた。

「悪い、すぐ行くからお前らは先に行っててくれ」

リズ、フミノ、ウルカに向けてそう言って。

「後輩、ちょっと」

次いで、ナリユキに向けて手招きする。

全員不思議そうな顔となったが、言われた通りに三人は部屋を出て、ナリユキはアスミに一歩近づいた。

「どうかしたんですか……？」

「ちょい、耳貸せ」

アスミが更に手招きしてくるので、ナリユキは腰を屈《かが》めて顔を近づける。

「家事は分担って言ってたが……まさか、センセに掃除とかやらせてねーだろうな？」

ナリユキの耳元に口を寄せ、アスミは何やら難しい表情でヒソヒソと囁《ささや》いた。

「いえ？　キリス先生は魔王軍所属じゃなくて客分というか……用心棒なんで、特に家事とかはやってもらってませんけど」

何を言ってるんだろう？　と思いながら囁き返すと、アスミは安堵《あんど》の表情を浮かべる。

「そりゃよかった……あの人の掃除スキルは壊滅的だからな……」

「あー……」

言われて、ナリユキも納得の声を上げた。

「うん？　その様子じゃ、センセの掃除スキルについて知ってたのか？」

ナリユキのリアクションに、アスミは意外そうに片眉を上げる。

「まぁ、一応……」

彼女の部屋の惨状については、これ以上なくよく知っていた。

「ていうかむしろ俺的には、先輩が知ってることの方が意外でしたけど。そういえば、お酒に弱いことも知ってましたし……師弟《してい》時代は一緒に生活とかしてたんですか？」

「いや？　掃除とか酒のことを知ったのは、別の時期さ」

とそこで、なぜかニヤリと笑うアスミ。

「センセも言ってたろ？　とある『戦場』で一緒になったことがあってさ。その時に掃除を任せてみたら……ってわけさ。酒も同じく、飲ませてみたらってパターンだな」

「はぁ。でも、飲酒はともかく戦場で掃除なんてします？」

「ふっ、『戦場』ってのはセンセ用の隠語だからな」

イタズラっぽく、笑みが深められる。

「ホントのとこは、一時期メイド酒場のバイトで一緒になった時のことを言ってるんだよ。あん時のセンセはドジっ子メイドとして大人気だったんだが、まぁセンセ的には……」

と、そこまで語ったところでピクリと眉を動かし、アスミは口を噤《つぐ》んだ。

「……？」

彼女の様子を見て疑問符を浮かべるナリユキだが、直後にブルリと身体を震わせる。

何やら、急激に部屋の温度が下がったような気がした。

なんて、思った直後。

「比興《ひきょう》……なかなか面白い話をしているようね？」

背後から、底冷えのする声が聞こえてくる。

ナリユキが恐る恐る振り返ると、そこには絶対零度の視線を宿すマフユが立っていた。

彼女を中心に冷気が放たれているように感じる。ナリユキの記憶が定かであればマフユは純粋な剣士であり、魔法の心得はないはずなのだが。

「コミナミさん、あなたとは一度よく話し合う必要があるようね」

無表情で、マフユがジリジリとアスミに迫る。

「ははっ、前から言ってますけど隠すことないじゃないですか。あの時のセンセ、とっても可愛かっ……」

「そういう問題ではないと言っているでしょう！」

「おっと、家事がまだ残ってるんでアタシはこれで！」

口を押さえにかかろうとするマフユの手をスルリと抜けて、アスミが駆け出した。

「静止！　話はまだ終わっていないわ！」

それを追って、マフユも走っていく。

そんな光景を、ポカンと見送って。

「……はははっ」

ナリユキは、思わず笑ってしまった。

「これから、ますます賑《にぎ》やかになりそうだな」

そんな未来に思いを馳《は》せて、目を細めるナリユキであった。

○△×

後の時代の歴史家は語る。
『魔王』……それは、名君として名を残した統治者の異名である。
世界統一を成し遂《と》げた彼の世ではいわゆるブラック企業が淘汰《とうた》され、人々の働きやすさは大きく改善された……というよりも、魔王軍の待遇に引きつけられた人々が次々と彼のもとに集《つど》い、街を作るようになり、国を作るようになり、やがて世界を席巻《せっけん》したと言うべきか。「いや、なんかどんどん人が増えていく状況への対応に手一杯で、結局俺世界征服のために何もしてないんだけど……」という彼の言葉が、残されているとかいないとか。

また、彼の人となりについては後世にはほとんど伝わっていない。目立つことを嫌い、統治者としては異例な程に露出が少なかったためだ。その穏健《おんけん》な路線から、争いを好まない柔和《にゅうわ》な人物であったに違いない……と評する者もいる。いやいやそれは最適な手段を選んだ結果にすぎない、計算高く世界を手中《しゅちゅう》に収めていく野心家だったのだ……と反論する者もいる。いずれにせよ彼本人については、個人的な手記などに残された断片的な情報でしか追うことが出来ない。

それは、例えば……『今日もかっこよかった！』『やっぱりムッツリさんです』『これ以上胃痛のタネを増やすのやめてほしいんだよ……』『ま、カワイーやつだよな……なんてね』『そろそろまた部屋に来てくれないかしら……』などなど。

手記の主がやけに女性に偏《かたよ》っていることから好色家だったのではないかという見解もあるが、実際のところは定かではない。

それを知るのは……それこそ、当時彼の周囲にいた人々のみであろう。

ぼくたちは勉強ができない 非日常の例題集

切望した[x]を得た天才は
喜びと共に持てる者の
苦悩もまた知る

「神様……！」

古橋文乃《ふるはしふみの》は、神に祈っていた。

「神様、どうかお願いします……！」

毎夜、欠かすことなく祈っていた。

「少しだけ……！　少しだけでもいいので……！」

身を包むのは、市販のパジャマ。しかし真剣な表情で祈りを捧げるその姿は、人々を憂《うれ》えて神に救いを求める聖女のようにも見えることだろう。

「神様仏様何かしらの超常的存在様……！　ぶっちゃけ誰でもいいですので……！　アーメン南無阿弥陀仏《なむあみだぶつ》エコエコアザラクいあいあはすたぁエロイムエッサイム……！」

……あるいは。

「わたしの胸を、大きくしてください……！」

その必死の形相は、邪神に贄《にえ》を捧げる魔女のようにも見えるかもしれないが。

祈りを捧げる彼女の目の前に鎮座《ちんざ》するのは、『御神体《ごしんたい》』である。

もっとも、そんな風に呼んでいるのは文乃のみ。傍《はた》から見れば、ただのブラにしか見えない。『かなり大きい人向けの』という修飾を付ける者ならば、一定数存在するだろうが。

その大きさは、文乃の友人である武元《たけもと》うるかでもまだ持て余《あま》すことだろう。緒方理珠《おがたりず》辺りが恐らく適正サイズに違いない。文乃本人にフィットするかは、言わずもがな。

ブラに向けて懸命に祈りを捧げる姿は、他人に見られれば正気を疑われかねないものであると言えよう。額《ひたい》には、薄く汗まで滲《にじ》んでいた。

「ふぅ……」

一通り祈り終えて、文乃はその汗を拭《ぬぐ》う。

「いやー、今日も頑張《がんば》って祈ったね！　うん！」

その表情は、どこか達成感を感じさせるものであったが。

「…………虚《むな》しい」

それがやさぐれた雰囲気の半笑いに変化するのに、数秒の時間も要さなかった。

「こんなことを続けて、もうどれくらいになるんだろうね……」

視線を下に向ける。

何にも邪魔されることなく、自分の腰元までを見通すことが出来た。

「もうどれくらい、成長してないんだろうね……」

何度見ようが一向に変化しないその景色に、深く溜め息。

「神は、ニーチェの時代にとっくに死んだんだね……」

死んだ目で呟《つぶや》く。

とはいえ。

「ま、言っても仕方ないか」

あまりに見慣れた光景に嘆《なげ》くのも、今更感がすぎた。

そう考えて、頭を切り替える。

「気分転換に、本でも読もっかなー……っと」

独《ひと》りごちながら『御神体』をタンスの引き出しに収納……する前に、一応自身の胸に当ててみた。拳《こぶし》一つは優に入るであろう、虚しい空白がブラとの間に生じた。

「ですよねー」

変わらぬ事実を確認したところで、今度こそ『御神体』を収納する。

そして、机の上に置いてあった分厚い本を手に取ってベッドに横たわった。

しかし、栞《しおり》が挟まれたページを開いたところで。

「ふわ……」

眠気が訪れ、小さくあくびが出た。

「やっぱり、もう寝よっと……」

自然と瞼《まぶた》が閉じていく中で、開いたばかりの本も閉じる。

眠気は、どんどん強まる一方。生来、寝入るのに苦労したことはない質《たち》だ。

猛スピードで、夢の国へと誘われながら。

「明日起きたら、巨乳になってたりしないかなぁ……」

最後に、未練がましくそんなことを呟いた。

・・○△×・・

「むぅん……？」

目覚めは、妙な圧迫感を伴《ともな》っていた。

胸の辺りに、何かが載っているような気がする。

「むぅ……」

何とはなしに、触れてみる。

ふにょ。

何やら柔らかい弾力が手に返ってきた。

あと、胸の辺りが少しくすぐったかった。

「むぅ……？」

揉《も》んでみる。

ふにょん。

やっぱり柔らかかった。

そして、胸にハッキリと触られている感覚が生じた。

「……？」

ふにょふにょふにょん。

しばし、無心で揉み続ける。

（なんで、これを揉むと胸に触られてる感覚が生じるんだろう……？　これじゃ、まるでこの柔らかいのがわたしの胸みたいで……）

ボーッとする頭で、そう考えて。

「…………えっ!?」

一瞬の後、一気に意識が覚醒《かくせい》した。

ガバッと身を起こし、視線を下げる。

見えない。

自分の腰元が、見えない。

昨晩まで無かったはずの障害物が、そこに確かに存在していた。

胸部である。

乳房《ちぶさ》である。

おっぱいである。

いやそれ自体は当然昨晩までにも存在していたのだが、その膨らみ具合が明らかに異なっている。うるか……否《いな》、理珠くらい『ある』かもしれない。

「ど、どどどどど、どういうこと……!?」

もにゅんもにゅんもにゅんもにゅん。

動揺しながらも、文乃はひたすらに自分の胸を揉みしだいた。

「ついに、成長期が……!?　遅れた分、一気に来たとか……!?」

常識的に考えれば、いくら成長期にしてもこんな急激な変化などありえない。

古橋文乃は、十分に常識的と称して良い少女である。

……が、しかし。

「神様、ありがとうございます！　とっくに死んだとか言っちゃってごめんなさい！　わたしのこと、ちゃんと見ててくれたんですね……！」

今は、あまりに加速した嬉《うれ》しさが常識という概念《がいねん》を置き去りにしていた。

「あっ、そうだ！　ブラしないとね！」

なお、現在の文乃はノーブラ状態である。寝る時はノーブラ派なのだ。ノーブラで寝ると形が崩れると言われているが、そもそも崩れる程のものがなければ関係ない…………などと、自虐《じぎゃく》していたのも昨晩までのことである。

「ふふふ～ん♪」

鼻歌交じりにパジャマを脱ぎ捨てる。

「お、おぅ……生で見ると、改めて凄《すご》い迫力だね……」

そして、露《あら》わになった自身の胸を見て一瞬真顔となった。

人は未知の存在と遭遇した場合、とりあえず真顔になるものなのである。

「ふふっ、待っててね♪　今、下着をつけてあげるから♪」

しかしすぐに顔に笑みを戻し、文乃は下着を収納しているタンスの引き出しを開けた。

「まずは、と……」

いつものブラを取り出して、胸に当てる。

当然、全くサイズは合わなかった。『中身』が、ブラから盛大にはみ出している。

「だよね～♪」

この結果は考えるまでもなくわかることではあったが、文乃としてはどうしても一度試さずにはいられなかったのである。己《おのれ》の成長具合を、改めて確かめるために。

「それじゃ……」

次いで取り出したのは、文乃たちの『教育係』である唯我《ゆいが》成幸《なりゆき》から（手違いで）プレゼントされたブラだ。元は彼の妹である水希《みずき》のものだったらしく、当時の文乃とはパッド四枚分の戦力差があったわけだが……。

「これでも、全然足りないね～♪」

今は、文句無しに文乃の勝利である。

まさしく、圧倒的戦力差と称してよかった。

「ごめんね水希ちゃん、一晩で追い抜いちゃって♪」

ここにはいない相手に、ドヤ顔で勝利宣言。

「…………………うん、まぁ、相手は中学生なんだけどね」

直後、中学生と競い合っているという事実にちょっと虚しさを覚えた。

とはいえ、今やそんなものは瑣末事《さまつごと》。

「うふふっ、ついにこの子が本来の役割を果たす時が……♪」

最後に文乃が取り出したのは、今まで一度も身につけたことのないブラであった。

そう、『御神体』である。

ちなみに、元はといえばネット通販で閲覧《えつらん》していた時に手が滑った……ということにして、購入していたものだ。ワンチャン、いつかそこに到達出来る可能性に賭《か》けて。

もちろん、今日この日まではノーチャンオブノーチャン。ぶっちゃけ文乃自身もそんな日が訪れないであろうことをとっくに理解しており、だからこそ『御神体』などと称して崇《あが》めていたわけだが……ここに、奇跡が起きた形である。

「いくよ……」

?
VICTORY♪

ゴクリと喉《のど》を鳴らし、『御神体』を胸に当てる。

ここまでの二枚とは違って、『中身』が溢《あふ》れ出すことはなかった。

かといって、昨晩までのようにブラとの間に虚しい空白が生じることもない。

続いて文乃は、慎重な手つきで後ろ手にホックを留めていく。

カチリ。ホックが小さな音をたてた。

圧迫感、無し。

隙間《すきま》……無し。

「……ジャスト、フィット」

で、あった。

「ふぅ……」

それを確認した文乃は、やり遂《と》げた表情で一つ息を吐き。

「いよっしゃぁぁぁぁぁぁぁぁぁぁぁぁぁぁ！」

膝《ひざ》を床につき、天に拳を掲げて全身で喜びを表現した。

その姿は、アディショナルタイムに逆転ゴールを決めたサッカー選手の如《ごと》し。

あるいは、九回裏で逆転満塁ホームランを放った野球選手の如し。

あるいは。

「『御神体』様がジャストフィットということは、つまり神！　わたしは、ついに神になったんだよ！　ふはははははははははっ！　だよ！」

邪神が憑依《ひょうい》した邪教徒、というのが一番正鵠《せいこく》を射《い》た喩《たと》えかもしれない。

爆上がりしすぎた結果、少々テンションが迷子気味なのであった。

「うふふっ、そろそろ学校に行かなくちゃね♪」

そのテンションのまま、制服に袖《そで》を通していく。

シャツによって胸が圧迫されるが、今はその苦しさすらも心地よかった。

「いってきま～す♪」

今にも歌いだしそうな声色《こわいろ》で、誰にともなく言って部屋を出ていく。

嗚呼《ああ》、まるで世界の見え方までもが昨日までと異なるようだ。

というか、常に視界に丘陵《きゅうりょう》が映っているという意味では実際に見え方が違っている。

「みんな、どんな顔するかな～？」

この上ない笑顔と共に、文乃は自宅を後にした。

みんなが、どんな顔をしたか。

結論から述べると……まず、驚き。

そしてその後、生温かい感じの笑みを浮かべる。

それが、一ノ瀬《いちのせ》学園の関係者に共通した反応だった。

(……？　どういうことだろ？)

校門をくぐりながら、文乃は心中に疑問を抱く。

(驚くのはわかるよ？　でもその後の、どこか気遣うような笑顔はどういう意味……？)

周囲の反応の理由がよくわからず、内心で首を捻《ひね》っていたところ。

(あ、桐須《きりす》先生)

少し先に見知った後ろ姿を見つけ、何とはなしに目を向ける。するとその視線を感じ取ったのか、桐須真冬《まふゆ》教諭がふとした調子で振り返ってきた。目が合う。

「……？」

文乃を見た桐須教諭は、どこか怪訝《けげん》そうに目を細めた。

「……っ!?」

直後、彼女の顔に驚きが浮かぶ。そのリアクションは、文乃にとってここ数分で散々見慣れたものであった。もっとも、他の者と比較すれば随分《ずいぶん》と控えめではあったが。桐須教諭が露骨に表情を変えること自体、文乃にとってはレアイベントである。

ともあれ……桐須教諭は一度視線を外してから目頭を揉み、再び文乃の方へと目を向ける。そして、そのまま彼女の視線は文乃に対して固定されたままとなった。通勤途中だろうに、完全に足を止めて文乃を凝視している。

（??）

その理由もわからず、やはり文乃は内心で首を捻り……同時に、ちょっとビクビクしていた。桐須教諭から向けられるのは、以前であれば「睨《にら》まれている」と即座に判断していただろう類《たぐい》の視線。今は、桐須教諭も無意味に人を睨むような人ではないと思ってはいるが……逆に言えば、理由があるのなら睨まれる可能性も十分にあるということだ。

（わたし、何かやらかしたかな……？　最近は、理系科目の成績も上がってるはずだけど……でも、桐須先生はやっぱり今でもわたしたちの進路には反対なんだよね……）

もしかするとその件について改めて言われるのかと、不安になる。

けれど。

(成幸くんのおかげで、ここまで成績を上げられたんだもの……わたしだって、努力してる。もし進路について言われても、毅然《きぜん》とした態度でいよう……!)

小さく手を握り、密《ひそ》かにそんな決意を固めた。

「お、おはようございまーす」

もっとも、何もないのであればそれに越したことはない。ということで、文乃は軽く頭を下げて足早に桐須教諭の前を通り過ぎようとしたのだが。

「古橋さん」

しかし、あえなく呼び止められてしまう。

「は、はい……なんでしょう」

極力背筋を伸ばすよう意識しながら、桐須教諭と正対する文乃。

「…………」

しかし、桐須教諭の様子がどこかおかしい。

珍しく、何やら迷っているような雰囲気が見て取れるのだ。

「苦言……というか……」

言うべき言葉を探すかの如く視線を彷徨《さまよ》わせながら、桐須教諭は言葉を濁《にご》す。

「助言、と言った方がいいかもしれないわね……」

言いづらいことであってもズバリと物言う類の性格だと彼女のことを認識していた文乃としては、この態度にはかなり違和感があった。

「私も女性、気持ちがわからないとは言わないわ」

「は、はぁ……」

何が言いたいのかさっぱりわからず、曖昧《あいまい》に頷《うなず》くしかない。

「校則で禁則されているわけでもありません。けれど……」

そこで再び、桐須教諭は視線を左右に一度ずつ動かしてから。

「そういうのは、程々にしなさい」

そっと、文乃の耳元に口を寄せて囁《ささや》く。

「以上」

そして、それだけ言って校舎に向けての歩みを再開させてしまった。

「は、はい……？」

その後ろ姿を見送りながら、文乃は呆《ほう》けた声を上げる。

結局最後まで、何を言いたかったのかはビタイチわからなかった。

「おっはよー、文乃っちー！」

「おはようございます、文乃」

戸惑《とまど》って立ち止まったままの文乃に、背後から挨拶《あいさつ》が投げかけられる。

うるかと理珠の声であることは、振り返るまでもなくわかった。

「あ、うん、おはよう二人共」

後ろに向き直りながら、とりあえず挨拶を返す。

すると。

「えっ……!?」

「！」

うるかが驚きの声を上げ、理珠も無言ながらその表情を驚きに染めた。

ここまでは、やはり他の者たちと同じ。

けれど桐須教諭に引き続き、その先の反応はまたも異なるもので。

「文乃っち、そこまで悩んでいたなんて……」

「すみません文乃、正直そんなものは瑣末事だと思ってしまっていました……」

二人は、なぜか悲痛な表情で文乃の肩にそっと手を載せてきた。

「え、えっと……二人共、何の話……？」

今回も何がなんだかわからず、文乃の頭の上に大量の疑問符が浮かぶ。

「でも文乃っち、流石《さすが》にそれはやりすぎっていうかあからさますぎっていうか……」

「盛るにしても、加減は考えるべきかと……」

けれどそこまで聞いたところで、ようやく文乃も二人の言っていること……そして桐須教諭の言わんとしていたことを理解した。

すなわち。

偽乳《パッド》を疑われているのだと。


更衣室へと場所を移し、『実物』を確認してもらった結果。

「ごめんね、文乃っち！」

「すみませんでした、文乃」

うるかと理珠は、文乃に向けて大きく頭を下げていた。

「あ、はは……仕方ないよ。わたしだって、逆の立場だったら同じことを思うだろうし」

二人に対して、文乃は苦笑気味にそう返す。実際、その言葉に嘘《うそ》はなかった。

なんだったら、未《いま》だに文乃が一番信じがたい思いを抱いているまである。

（ぶっちゃけ、偽乳《パッド》の『前科』もあるっちゃあるしね……）

成幸からの『プレゼント』だと思っていたからという理由があったとはいえ、パッド四枚重ねで登校した過去があることも事実であった。

「にしても、まさか本物だったとは……」

「驚きました。何があったのですか？」

文乃の胸部をまじまじと見ながら、二人がそれぞれそう口にする。

少し気恥ずかしさもあるが、同時に誇《ほこ》らしくも思う文乃。

「うーん……成長期？　もしくは、神様からの贈り物？　今朝起きたらこうなってて」

とりあえず、二人の問いにはそう返しておく。

「世の中、不思議なこともあるもんだねぇ……」

「自分の目で見ていなければ、非科学的であると断じるところでした」

二人は、納得しているようなしていないような微妙な表情である。文乃自身でさえ正確な原因を把握《はあく》しているわけではないのだから、さもありなんといったところであろう。

「あはは……」

ゆえに、リアクションは苦笑する程度に留めたが。

（でも、これが本物だってことは紛《まぎ》れもない事実だからね！）

内心では、密かに鼻息を荒くする文乃である。


こうして、文乃の新たな学生生活は幕を開けた。

嗚呼、これまでのどこか卑屈《ひくつ》で、雄大なもの（物理的な意味で）を羨《うらや》み憧《あこが》れの目を向ける、持たざる者としての時代は終わった。これからは誰憚《だれはばか》ることもなく、胸を張って歩こうではないか（物理的な意味で）。

……そんな風に考えていた文乃であったが。

（胸が大きいって、必ずしも良いことばっかりとは限らないんだね……）

放課後になるに至り、疲労と共にそんな考えを抱くようになっていた。

（りっちゃんからも苦労は聞いてたから、一応知ってるつもりではあったけど……）

当時は自分とは関係ないこととしてぶっちゃけ聞き流していたのだが、今日一日で実体験を伴って納得した形であった。

「はぁ……まさか、こんなに大変だったとは……」

教室の自席で椅子《いす》の背もたれに体重を預けながら、今日一日を振り返る。


それは例えば、何でもない教室移動の際。

「だから、その時あたしは言ったわけ。いや冷凍マグロじゃないんだから！　ってね」

「ふふっ、確かにそれはかなり冷凍マグロだね」

移動の途中でたまたま一緒になったうるかと談笑しながら、中庭を抜ける渡り廊下を歩いていた時のことである。

「そうそう、うるかちゃん。マグロと言えばひゃあ!?」

最後が奇声となったのは、新たな語尾を持つ萌《も》えキャラを目指したわけでも、突如『ばひゃあ』さんなる謎《なぞ》の人物に「マグロと言え」と命じたわけでもない。もし仮にそのいずれかだった場合、恐らく受験のストレスにやられている可能性が高いので早急にメンタルクリニックを受診した方がいいだろう。

そうではなく、何かに足をぶつけて蹴躓《けつまず》いたのであった。

「っと、危ない」

大きくバランスを崩したものの、咄嗟《とっさ》にうるかが支えてくれたことで事なきを得る。

「大丈夫？」

「あ、うん、ありがとう」

うるかへと、感謝と共に笑みを向ける文乃。

「そこの段差、気付かなかったんだね」

うるかが指摘する通り、一歩引いて見てみればそこに小さな段差が確認出来た。

「だねー。今までとちょっと視界が違うっていうか、邪魔なものがあるから……」

言いながら、文乃は更に視線を下げる。

これまでであれば足元まで視界良好だったのが、今は丘陵によって一部が遮《さえぎ》られていた。

「ふーん？　大変そうだね」

「そうだね……」

そこで文乃は、一拍置き。

「大きければ大きいで、苦労があるんだね」

苦笑気味に、そう口にする。

そう……表面上は、あくまでも苦笑である。

だが、内心ではこれ以上ない程のドヤ顔を浮かべていたりする。

大きければ大きいで、苦労する。

これは、文乃的に人生で一度は言ってみたい台詞《せりふ》ナンバーワンだったのである。今の文乃には、その苦労さえも愛《いと》おしい。それ以上に、喜びが上回っているのだ。

少なくともこの時までは、間違いなくそう思っていた。


それは例えば、体育の授業中。

「ひぃ、はぁ、ひぃ、はぁ……」

この日の内容はF組と合同での持久走だったのだが、文乃は最後尾で大きく息を荒らげていた。本来、文乃はそこまで運動を苦手としているわけではない。

が、しかし。

（胸が……ものすごく、邪魔！）

まず単純に重量が加算されている分、今までより動きにくい。

それに加えて、妙に跳ね回るためにフォームが乱されてしまうのである。

（なるほど、こんなハンデがあったらりっちゃんも運動を苦手とするわけだよね……）

ようやく友人のことを理解した気分で、文乃は軽く周囲を見回す。恐らく理珠も自分と同じ辺りで走っていると思って、その姿を探したのだ。が、なぜだか見当たらない。

（あれ……？　もっと前……には、たぶんいないと思うんだけど……）

そう思いつつも、前方に意識を向ける。

果たして、そこにも理珠の姿は見つけられなかった。

（て、ことは……？）

少しペースを落としながら、後ろを振り返る。

すると……文乃から更に大きく離れた後方に、ぜぇぜぇと苦しげに肩を上下させながら走っている小さな身体《からだ》が目に入ってきた。『ハンデ』の大きさとしては、今の文乃も同程度のはず。なんだったら、不慣れな分だけ文乃の方が不利とさえ言えるだろう。にも拘《かか》わらず、理珠が文乃に追いつけそうな気配すらも感じられない。

（ま、まぁ、必ずしも一つの原因だけで物事が説明出来るわけではないよね……）

そっと目を逸《そ》らし、自分がゴールすることに集中し始める文乃であった。


それは例えば、小テストの最中。

（か、肩が重い……！）

張った感覚を通り越して痛みすら発するようになってきた肩を手で揉んでみる。

が、その程度では何ら改善は見られなかった。

（肩凝《こ》りが、こんなに辛いものだったとは……）

これまでの人生、文乃は肩凝りとは無縁だった。ゆえに、対策など知っているわけもなく……この初めての苦しみは、如何《いかん》ともし難いものであった。

（と、とりあえず寝ちゃおう……寝てる間は気にならないはず……）

幸い、小テストといっても英語の単語テストだ。時間を十分に残した現時点で、既《すで》に全ての解答欄を埋め終えている。ちょうど、体育の後で眠気も訪れていた。

そこで文乃は、机に突っ伏し眠りに入ろうと試《こころ》みる。

いつもであれば、すぐに夢の国へと旅立っていたことであろう。

が、しかし。

(ぐむ……そ、そうだった……突っ伏すと、こうなっちゃうんだった……)

胸が圧迫される苦しみを感じてから、今更ながらに思い出す。

そう、文乃は既にこれを経験済みだった。授業中にウトウトとしてつい机に突っ伏してしまったものの、圧迫感に邪魔されて眠れなかったのである。

授業中の居眠りが減ったというのは、果たしてメリットと呼ぶべきかデメリットと呼ぶべきか……これは、文乃にとって微妙なところであった。


といった諸々《もろもろ》を思い出しながら、軽く苦笑。

「ま、言っても仕方ないことだよね」

独りごちながら、帰り支度を整える。

今日の放課後は、いつものメンツで図書室に集まって勉強の予定だ。

「よし、頑張っていこう！」

頭を切り替え、文乃は図書室へと足を向けた。

（あぁ……そういえば）

廊下を歩きながら、内心でふと考える。

（これも、胸が大きい人の『苦労』かなぁ……）

ただ歩いているだけで、やたら周囲の注目を浴びるのである。

体育の時間に一緒に着替えたことで、文乃が『本物』であることは多くの女子が知ることとなった。彼女たちを発信源としてその情報は広まり、今や文乃に生温かい視線を向ける者は少数派である。

しかし、その変化も必ずしも喜ばしいかといえばそうでもない。特に、女子の一部……『ボリューム』にあまり恵まれていない方々の視線が痛かった。もしかすると本人は無意識なのかもしれないが、例えばすれ違いざまにチラリと胸元に視線が向けられるのである。

その目に宿るのは、羨望《せんぼう》や嫉妬《しっと》。

それに対して、最初は正直誇らしい気持ちを抱いていた文乃であったが。

（昨日までのわたしも、たぶんこんな感じだったんだよねぇ……）

そう考えると、複雑な思いを抱かざるをえなかった。

（わたしのこれは、急に降って湧いたようなものだしねぇ……）

なんとなく、ズルして手に入れたような気持ちがあるので尚更だ。

無論、文乃とて『成長』するための努力を欠かしたことはない。バストアップ体操は毎日行っていたし、お風呂でもマッサージしていたし、イソフラボン（女性ホルモンと似た働きをするためバストの成長を促《うなが》すとされている）を豊富に含む大豆《だいず》だって意識して食べるようにしていた。ゆえにこの奇跡、自分の努力を見てくれていた神様からのプレゼントだと思ってはいるが。それでも、奇跡の産物であることに違いはない。

（……そういえば）

世の（一部の）女子の皆さんへの謝罪なのか言い訳なのか自分でもよくわからない、取り留めもないことを考えていた傍《かたわ》ら、文乃の脳裏《のうり》にふと別の思考が入りこんだ。

（成幸くんは……どう思うのかな、今のわたしのこと）

今日は一緒になる授業もなく、成幸とはここまで一度も顔を合わせていない。図書室で対面した時、彼がどんな反応をするのか……楽しみであり。

同時に、ほんの少しだけ怖いような気持ちも胸に生じていた。

もし、これがきっかけで関係性が変わってしまったりしたら。

（成幸くんに限って、そんなことないと思うけど……）

思い出すのは、以前彼が口にした言葉だ。

——好きになった人だったら
——そういうのあんまり関係ないと思うけどな
どーせ男の子はみんな大っきい方が好きなんでしょ？　と、やさぐれ気味に文乃が投げた問いに返された答えだ。彼らしい、優しい回答だったと言えよう。それが本心からのものだったのか、文乃に気遣ってのものだったのかはともかくとして。

（……好きになった人だったら、か）

彼の顔を頭に思い浮かべながら、考える。

（成幸くんがわたしのことを好きだったら、この変化も関係ないのかな）

トクン、と鼓動《こどう》が高鳴った。

（……って、何考えてるのわたし!?）

直後、別の意味で心臓が激しく脈打ち始める。

（まったく、自分から胃痛のタネを増やしてどうするの……）

自分自身に呆《あき》れたところで、図書室の前に辿《たど》り着いた。

なんとなく、漠然《ばくぜん》とした不安を胸に抱えたままで。

「……すぅ……はぁ」

一度、大きく深呼吸。

（べ、別に緊張とかしてるわけじゃないよ……成幸くんにどう思われたところで関係ないし、うん。今のはその、なんていうか……そう！　これから勉強するぞ！　っていう気合いの表れみたいなものだから！）

誰にともなく、心中で言い訳を並べる。

それから、図書室のドアを開けていつもの集合場所へと向かった。

程なく、既に勉強を始めているうるかと理珠の姿が目に入ってくる。

「やっほー、文乃っち」

「少し遅かったですね、文乃」

近づいてくる文乃に気付いた二人が、そんな言葉と共に文乃の方へ視線を向けた。

「うん、ちょっと考え事してて」

軽く会釈《えしゃく》して、彼女たちの対面に座る。

「考え事って？　何かあったの？」

「相談に乗りましょうか？」

「あー……いや、大丈夫。そんな大したことじゃないから」

一瞬『先輩』である理珠に今日実感した苦労について相談するという選択肢《し》も考えたが、恐らく相談したところで解決することはないだろうと思い首を横に振る。何より、二人の勉強の邪魔をするわけにもいかない。

「ところで、成幸くんは？」

話題を変えつつ、左右を見回す。教室でしばらく今日の出来事について振り返っていたため、少々来るのが遅くなったのは事実。てっきりもう全員揃《そろ》っていると思っていたのだが、成幸の姿が見えなかった。

「あぁ、成幸なら今日は欠席だよ」

「何やら、急に用事が入ったと言っていました」

「あっ、そうなんだ……」

二人からの説明に、納得しつつ。

ホッとしたようなどこか残念なような、微妙な心持ちを抱く文乃であった。

その後は普通に勉強をこなし、夕刻。

「そういえば、文乃っちさ」

三人一緒に歩く帰り道で、うるかがふと何かを思い出したように文乃を見た。

正確には、その胸元を……だろうか。

「今朝起きたらそうなってたって言ってたけど、ちゃんとブラはしてたよね？　それ、どうしたの？　登校前じゃ、ランジェリーショップもまだ開いてなかったでしょ？」

「あぁ、うん。たまたま一つだけ持ってたやつなの」

「え……？　たまたまって、なんでそんなサイズのを……あっ、いや、うん！　なるほど、そういうこともあるよね！　あははっ！」

一瞬怪訝そうな表情を浮かべた後、うるかは何かを誤魔化《ごまか》すように笑った。その若干《じゃっかん》気まずげで気遣わしげな笑みを見るに、色々とお察しいただけたのだろう。

「それでは、マズいのではないですか？」

と、今度は反対側から理珠が尋ねてきた。

「え？　マズいって、何が？」

意味がよくわからず、文乃は小さく首を傾ける。

「現状、サイズの合うものが一つしかないのでしょう？」

「…………あ」

けれど続いた言葉に、彼女の言わんとしていることを理解した。

というか、なぜ今の今まで気付いていなかったのか。まぁなぜかというと、喜びから始まり苦労を知るに至るまでずっと脳が色んな感情に支配され続けていたためにそこまで考えている余裕がなかったからなのだが。

今の文乃に合うサイズのブラは、『御神体』のみ。最悪数日程度ならば一枚を着回すという手もあるが、いつまでもそんな風に対応するわけにもいくまい。

「た、確かにそうだね……今日、ランジェリーショップに寄ってから帰ることにするよ」

危《あや》うい ところだった、と文乃は胸を撫《な》で下ろした。

「あっ、それならオススメのお店があるよ。前にリズりんとも行ったとこなんだけど」

「あぁ、例のお店ですね。私からもオススメします。そのサイズですと、普通の店では非常に選択肢が限られると思いますので。あそこなら可愛《かわい》いデザインのものも多いです」

ポンと手を打ったうるかに、理珠も同意を示す。

「そうなんだ？　ありがとう、助かるよ」

ブラを買うにしても、店を選定する必要があるらしい。これも巨乳なりの苦労ポイントなのか、とまた一つ学んだ文乃である。

「この先を真っ直ぐ行ったところにある、モールの中のお店なんだけど……」

（……ん？）

道の向こうの方を指すうるかに、文乃はなんとなく嫌な予感を覚えた。

その先に存在するランジェリーショップを一軒、知っていたためである。

それも、決していいとは言えない思い出を記憶に刻まれた店が。

「えっと……リズりん、なんてお店だったっけ？」

そして。

「ラグジュア・ジェリー、だったかと」

どうやら、文乃の嫌な予感は的中したようだった。

中身が成幸であるなどとは夢にも思わず、着ぐるみ店員に接し……結果、『A』であることを成幸に知られてしまうという（文乃にとって）痛ましい事件の現場であるランジェリーショップ、ラグジュアア・ジェリー。

文乃は結局、今一度その店を訪れていた。

（ま、成幸くんもあの時は臨時《りんじ》で入っただけだって言ってたしね）

再び成幸と鉢合《はちあ》わせする可能性は流石にないだろう、と考えた結果である。

（それに……今のわたしには、もう何も恥じるものはないしね！）

ゆえに、堂々と胸を張って店内を歩いていく。

（A……）

いつもはそこで立ち止まっていた売り場を、華麗《かれい》にスルー。

（B……C……D……E……）

今まで憧れの目で見ていたそれらの横を、歩調を緩めることすらなく通り過ぎる。

（……F）

かつて神の領域に思えたそこですらも、立ち止まらない。

（G！）

今回の文乃の目的地は、神の領域すらも越えたところなのだから。

今つけている『御神体』も、ここに分類されるものだ。

（……とはいえ、一度ちゃんとサイズは測っとかないとだよね）

元々、『御神体』は憧れだけで購入したものだ。今はフィットしているように思っているが、微妙にサイズ違いが発生していても全く不思議ではない。

「すみませーん、サイズ測ってもらっていいですかー？」

近くに店員さんの姿が見当たらなかったので、少し大きな声で呼びかける。

すると、店の奥から誰かが早足でやってくる気配が生じて。

なんと現れたのは、唯我成幸！

……などということもなく。

「はい、お待たせ致しました。サイズ測定ですね、かしこまりました」

出てきたのは、普通に女性の店員さんであった。

(やっぱり、あんなことはもう二度と起こるわけがないよね)

無意識に少し強張《こわば》っていた身体から力を抜き、密かに苦笑。

「それでは、失礼致します」

軽く一礼した後、店員さんは慣れた手付きで文乃の身体にメジャーを巻き付けていく。

まずはトップ、続いてアンダー。

ものの数十秒程度で測定は終わり……結果。

(よし、文句無しのGカップ!)

文乃は心の中でガッツポーズを取った。

「どうも、ありがとうございました」

もっとも表面上は、「前々からこのサイズでございましてよ?」とばかりに上品な笑みを浮かべて店員さんに会釈するのみ。

(それじゃ、試着してみよ〜っと♪)

涼しい顔を保ちつつも鼻歌交じりで商品を手に取り、文乃は試着室に向かう。

上着とシャツを軽やかに脱ぎ去って、『御神体』も一旦外し。

それから、持ってきたブラを装着してみる。

圧倒的ボリュームを、鮮やかな色合いのブラが綺麗《きれい》に彩《いろど》ってくれた。

(うんうん、とってもいい感じ)

鏡に映る己の姿に満足し、何度も頷く。

(……でも、ちょっと派手かな?)

そう考え、小さく首を捻った。

(まぁ、せっかくだし色々と見てみよっと♪)

文乃にとって、ランジェリーショップでここまでテンションが上がるというのは初めての経験である。これまでは毎度己の可能性に賭けては惨敗《ざんぱい》し、悔しい気持ちと共に自分に合うものを選んでいたものであった。しかし、今やそんな敗北感とは無縁だ。

軽やかな手付きで、一旦つけ直すために『御神体』を手に取る。

しかし手が滑り、宙を舞った『御神体』は試着室の外に飛んでいってしまった。

「……おっと」

「すみませーん、ブラが飛んでっちゃったので取ってもらえませんかー?」

先程の女性店員に向けて呼びかける。

すると程なくして、試着室の外に人の気配が生じた。

「ありがとうございます」

再びお上品な笑みを顔に貼り付け、シャッとカーテンを開ける。

すると、文乃の方に向けて『御神体』が差し出されている様が目に入ってきた。

ただし……『御神体』が載っているのは、人間の手ではなく。

随分と大きい、布製の手の上だった。

「…………」

文乃は、笑みを保ったまままもう少し視線を上げる。

「…………」

そして、真顔となった。

いつかどこかで……というかまさにこの店で、かつて見た顔がそこにあったから。

このモールのマスコットキャラクター、『ワンころ花子《はなこ》』の着ぐるみである。

「…………」

それだけならば、文乃もそこまで動揺しなかったことだろう。あまり思い出したくない記憶と共に刻まれた顔ではあるが、マスコットそのものに罪はない。店員さんも大変ですね、くらいのことを思いながら『御神体』を受け取って終了だったに違いない。

そう……その顔が、全力で背けられてさえいなければ。

まるで、こっちを必死に見ないようにしている初心《うぶ》な男子のように。

「…………」

シャッ。

無言、そして真顔のまま『御神体』を受け取り文乃はカーテンを閉めた。

「…………」

そのままブラを『御神体』につけ替え、シャツと上着を身につける。

「…………」

シャッ。

そして、もう一度カーテンを開けた。

ワンころ花子は、先程と全く同じ姿勢のままそこに佇《たたず》んでいた。

まるで、神の裁きを受ける覚悟を決めた咎人《とがびと》のように。

「…………」

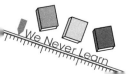

無言と真顔を貫いたまま、文乃はそっと着ぐるみの頭部に手をかけた。

深呼吸一つ。

それを、勢いよく取り去る。

すると、その中から現れたのは。

「ど、どうも……古橋さん……」

引き攣《つ》った笑みでそんなことを言ってくる、唯我成幸その人であった。

「…………………」

文乃は、ニッコリと笑みを浮かべた。

それはそれは綺麗な笑顔だった。

自分でも、なぜそんな表情を浮かべたのかはよくわからない。

それもまた、動揺の一環であったと言えよう。

「…………………」

「…………………」

そのまま、奇妙な沈黙を伴って数瞬の時間が経過した後。

「ひやぁぁぁぁぁぁぁぁぁぁぁぁぁぁぁぁぁ!?」

そんな叫び声と共に、文乃の顔は真っ赤に染まった。

・・・○△×・・・

「誠に申し訳ございませんでした……」

「うん、まぁ、事故みたいなもんだよね……不用意にカーテン開けちゃったわたしも悪かったと思うし……だから、顔上げて？」

土下座せんばかりに頭を下げてくる成幸に、文乃は未だ赤い顔ながら苦笑を浮かべる。

これが下心からの行動であればもっと違った反応になるのだが、彼がそんな人でないことはよく知っている。恥ずかしくはあっても、怒りはなかった。

成幸の言《げん》によると、彼としてはカーテン越しに渡すつもりだったらしい。だとすれば、いきなりカーテンを開けた文乃の側にも非はあると言えよう。

ちなみに、店にいた理由は前回同様に母のピンチヒッターということだ。

その勤務時間も終わり、今はもう着ぐるみからも解放されていた。

「えっと、その、俺、見てないから！　顔背けてたし！　目も咄嗟に瞑《つぶ》ったし！」

顔を上げた成幸は、必死な調子で捲《まく》し立てる。

「ホントに～？」

「う、うん……」

疑わしげな視線を送ると、そっと目が逸らされた。

「…………」

無言の圧力を送る。

「…………」

送る。

「…………」

送る。

「…………」

「ほ、ホントはチラッとだけ見えました……」

しばらく続けると、成幸はおずおずとそう自供した。

「こ、このお詫《わ》びは必ず！　あっ、そうだ！　アイス食べたくないか!?　ほらっ、今度は五段のやつとか奢《おご》るぞ!?」

次いで、前回と同じ手段での懐柔《かいじゅう》を試みてくる。

「……あははっ。いいよ、さっき言った通りお互い様なところもあるしね」

その慌《あわ》てっぷりがなんだかおかしくて、文乃は破顔した。

と、同時。

「あ、れ……？」

何やら急に、酷《ひど》く頭がボーッとしてきた。

「それより……さ」

なぜだか、勝手に手がモジモジと動き始めて。

「どう、だった？」

これまた勝手に口が動いて、気が付くとそんな言葉を発していた。

「ど、どうとおっしゃられますと!?」

「わたしの胸……見てみて、どう思ったかなって」

まるで自分の口ではないみたいに、制御が全くきかない。

（いや、何聞いてるのわたし!?）

内心では全力で慌てているのにそれが表面に表れることもなく、取り消す言葉を口にす

ることも出来なかった。

「そ、その……大変、大きくていらっしゃると……」

成幸も、真っ赤になりながらも馬鹿《ばか》正直に答えを返してくる。

「……それだけ?」

果たして、それは。

「わたしのことを見る目、変わったりしない?」

やはり勝手に紡《つむ》がれたものだったのか、あるいは望んで発した問いなのか。

文乃自身、よくわからなかった。

いずれにせよ、それに対して成幸は。

「? なんで古橋のことを見る目が変わるんだ?」

全くピンと来ていない様子で首を捻っていた。

「だってわたし、胸が大きくなったから……」

「胸が大きくても……その……そうでなくても」

恐らく、『小さい』とは口にしづらかったのだろう気配はあったが。

「古橋は、古橋だろ?」

成幸は、迷う素振りもなく言い切った。

「わたしは、わたし……か」

その言葉が、スルリと胸に入りこんでくる。

（わたしの、気にしすぎだったみたいだね）

今になって、図書室への道すがらになんとなく感じていた不安の正体を理解した。

周囲には、胸が大きくなったことで明らかに見る目を変えた人がいた。それを肌で感じた時、自分に近しい人の態度も変わってしまったらどうしようと無意識に考えていたのだ。幸いにして、うるかや理珠がそうではないということは朝の段階でわかっていたが……成幸については、わからなかったから。

「うん、そうだよねっ！　わたしはわたしだ！」

その不安も晴れて、文乃は満面の笑みを浮かべた。

「ははっ、それにしてもホントに大きくなったよな。その調子でどんどん膨らんでいったら、そのうち爆発しちゃうんじゃないか？」

一方、成幸からは文乃の胸を指しながらそんな発言が。

「えっと……成幸くん……？　それ、セクハラだよ……？」

彼らしからぬ物言いに、困惑しつつも苦言を呈《てい》す。

「バクハツ　マデ　ジュウ　ビョウ……」

しかし、成幸はいつもの調子に戻るどころかむしろ輪をかけておかしくなり始めた。

「キュウ……ハチ……」

機械のような口調で、カウントダウンを開始する。

「ナナ……ロク……ゴ……」

心なしか、顔までロボっぽくなってきたような気がした。

「な、成幸くん……？　ちょっと、どうしちゃったの……？　……って、うん？」

その時ふと胸の辺りに違和感を覚え、文乃は視線を下げる。

「うぇぇぇぇぇぇぇぇぇぇぇぇぇぇぇぇぇぇぇぇぇぇぇぇぇぇ!?」

そして、驚きの声を上げることとなった。

自《みずか》らの胸が、まるで火にかけられた餅《もち》のようにグングン膨らんでいたためである。

とっくに服が破れてもおかしくない大きさなのに、なぜか服ごと膨張《ぼうちょう》していく。

「な、何これ!?　どうなってるの!?」

「ヨン……サン……ニ……イチ……」

全く意味不明な状況に文乃が全力で動揺する中、成幸のカウントダウンは淡々《たんたん》と進み。

「ゼロ」

そして、そう告げられたと同時。

ドガァァァァァァァァァァァァァァァァン！

文乃の胸が、爆発した。

「いやなんで爆発するの!?」

そんな自分の叫び声と共に、文乃は目覚めた。

「……って、あれ……？」

そう、目覚めたのである。

目に映るのは、見慣れた自室の天井だ。

「…………………え？」

状況が全く理解出来ず、呆けた声が口をついて出た。

「……もしかして、夢？」

けれど徐々に頭が覚醒《かくせい》してくるにつれ、その可能性に思い当たる。

「どこからどこまでが……？　まさか、胸も……!?」

一瞬慌てるも、胸元には確かな重みが感じられた。

「あ、よかった……」

その事実を認識し、ホッと安堵《あんど》の息を吐く。

が、しかし。

バサリ。

身体を起こすと同時、そんな音と共に胸の重みは消失した。

「……え？」

呆然《ぼうぜん》としながら、音の方に目をやる。

傍らに、分厚い本が転がっていた。

「…………え？」

胸元に手をやる。

スカスカッ。

豊満な丘陵に手が当たることはなかった。

恐る恐る、自らの身体を見下ろす。

「…………え？」

無かった。

無。

平。

貧。

A。

十八年近く慣れ親しんだ風景があるだけだった。

「ゆ……ゆ……ゆ……」

現実を受け入れるのに、それなりの時間を要したが。

「夢オチぃいいいいいいいいいいいいいいいいいいいいいいいいい!?」

結局は、そう結論づけるしかなかった。

時計に表示された日付も、本を片手に眠った日の翌日を示しているのだから。

巨乳として過ごした一日など、存在しなかった。

「酷いよ神様！　こんな半端に、文字通り夢を見せるなんて！　これならいっそ……！

いっそ、知らないままだった方がよかった……！」

天を仰《あお》ぎ、神に向けて悪態を吐《つ》く。

なまじあの喜びを、重みを、確かに思い出せるのが更に悔しさを増幅させていた。

「…………………………………………………はぁ」

ひとしきり絶望し、重い重い溜め息を吐いた後で。

「……わたしはわたし、か」

その言葉を、口にする。

夢の中の言葉ではあるが、本物の成幸に言われたかのように記憶に残っていた。

それに、現実でだって彼は同じように言ってくれるような気がしたから。

「うん、そうだよね」

苦笑気味に、ではあったものの……笑うことが、出来た。

「胸の大きさなんて、些細《ささい》なこと！　わたしはわたし、だよ！」

改めて声を大にして言うと、少し気持ちが前向きに持ち直す。

もっとも。

「……………でも、ワンチャン成長の残滓《ざんし》が残ってるかも？」

そんな希望に縋《すが》って、いそいそとメジャーを取り出す程度には未練も残っていたが。

「さぁわたしの可能性、今こそ芽吹く時！」

なお測定の結果、文乃の可能性は微塵《みじん》も芽吹いていないことが判明しただけだった。

ぼくたちは勉強ができない
非日常の例題集

忍ぶ天才たちは[x]を求め
難攻不落に挑む

草木も眠る丑三《うしみ》つ時。

蠟燭《ろうそく》の炎だけを光源とした狭い部屋に、少女が佇《たたず》んでいた。

部屋にいるのは、彼女一人だけ……否《いな》。

そこに、暗闇《くらやみ》から溶け出してきたかのようにもう一人の姿が現れた。

忍《しの》び装束《しょうぞく》に身を包んだ眼鏡の少年である。

「よう、来たか後輩」

彼の登場に驚く風もなく、少女……小美浪《こみなみ》あすみが軽く手を上げた。

こちらも、忍び装束を身につけている。

「はっ！」

後輩と呼ばれた少年、唯我《ゆいが》成幸《なりゆき》は膝《ひざ》をつき恭《うやうや》しくあすみへと頭を下げた。

「そう畏《かしこ》まんなって」

ニヤリと笑い、あすみはそっと成幸へと身を寄せる。

「昔みたいに、あしゅみー先輩大好きー！　って抱きついてきてくれてもいいんだぞ？」

「変な過去捏造《ねつぞう》すんのやめてもらえます!?」

耳元で囁《ささや》いてくるあすみから、成幸は抗議の叫びと共に勢いよく背を反らして距離を取った。

「先輩……じゃなくて、頭領《とうりょう》」

あすみに引きずられる形でついつい昔の呼び方を使ってしまい、訂正する。

成幸にとって、あすみは下忍《げにん》時代に色々と教えてもらった先輩である。しかし今や成幸も下忍たちを束《たば》ねる上忍《じょうにん》となり、あすみに至ってはこの忍《しのび》の里の頭領となっていた。昔のように気安く接するわけにはいかない。

「相変わらず硬いなー、後輩」

しかしながらそう思っているのは成幸だけのようで、あすみは頭領になってからもこのように以前と変わらぬ態度なのだが。今も、どこか楽しげにニヤニヤと笑っている。

「そんなことより、そろそろ呼び出した理由を教えてくださいよ。まさか、俺をからかうためだけに呼んだわけじゃないんでしょう？」

「それも面白そうだが……ま、流石《さすが》のアタシもそこまで暇じゃない」

呆《あき》れ気味に成幸が言うと、あすみは表情を改めた。

「後輩、任務だ」

「はっ！」

その言葉に、成幸も気を引き締め直して返事する。

「任務の内容は、桐須《きりす》城からとある巻物……秘伝の書を持ってくることだ」

「秘伝の書……？　それは一体……？」

聞き慣れない名前に、成幸は眉根を寄せた。

「お前が知る必要はない」

「うっ……」

しかしあすみにギロリと睨《にら》まれ、顔が強張《こわば》る。流石、一つの里の頂点に立つ存在。小さな体躯《たいく》ながら、その目が宿す迫力は相当なものだ。もっとも、その眼力《めぢから》の強さは頭領になる前……成幸が彼女と出会った時から健在だったような気もしなくはないが。

「すみません、出すぎたことを申しました」

今一度、頭を下げ直す。

「ま、見ればわかるようになってるからそこは安心しな」

あすみの声からも、険《けん》が取れた。

「それから、下忍を三人付けるから……上手《うま》いこと、フォローしてやってくれ」

「……?」

その物言いに、若干《じゃっかん》の違和感を覚える。『統率する』でも『使う』でもなく『フォローする』という言い方を選んだ意図《いと》がわからなかった。

「ま、後輩にこれを言うのは釈迦《しゃか》に説法《せっぽう》ってやつかもしれないけどな」

そして、そんな言葉と共にニヤリと浮かべられた笑みの意味も。

もっとも、実際に任務の場に赴《おもむ》き。

「……なるほど。下忍三人って、お前らか」

集合した下忍たちと顔を合わせる段になれば、あすみが言わんとしていたことを余《あま》すことなく理解することが出来たが。

桐須城を視界に収められる、小高い丘の上。

成幸の目の前にいるのは、それぞれ忍び装束に身を包んだ三人の少女たちである。

「やっほー、成幸。なんかちょっと久しぶりだね」

嬉《うれ》しげな笑顔で成幸に向けてひらひらと手を振る、武元《たけもと》うるか。

「成幸さんが上忍になってから、任務で一緒になるのは初めてですね」

変化に乏《とぼ》しい表情で淡々《たんたん》と言う、緒方理珠《おがたりず》。

「成幸くんが上司って、なんかちょっと不思議な感じだね」

クスリと楽しげに笑う、古橋文乃《ふるはしふみの》。

この三人は成幸と同い年で、つい先日まで下忍だった成幸と共に任務をこなしたことも一度や二度ではない。成幸にとって、里の中で最も気心の知れたメンバーだ。

ゆえに。

(だから、『フォロー』なのか……)

里の中で彼女たちの能力を最も熟知しているのもまた、恐らく成幸であると言えよう。

彼女たちは己《おのれ》の得意な分野については滅法強いのだが、反面苦手とする分野についてはとことん苦手なのだ。

「あっ、そうだ！　まだ言ってなかったよね？　上忍昇格おめでとう、成幸！」

「先を越されてしまいましたね。おめでとうございます、成幸さん」

「成幸くん、いっつも頑張《がんば》ってたもんね。おめでとう！」

成幸の内心を知ってか知らずか、三人からそれぞれ祝福の言葉が贈られる。

「ありがとう……俺が上忍になれたのも、お前たちのおかげだよ」

これは口先だけの言葉ではなく、本心からのものである。

実のところ、成幸の忍としての能力は飛び抜けて高いというわけではない。日々努力は欠かしていないが、例えばそれぞれの得意分野で勝負すれば目の前の少女たちには決して敵《かな》わないだろう。

それでも成幸が上忍に昇格出来たのは、彼女たちの苦手分野を補う形でフォローし、数々の任務をどうにかこうにか成功に導いてきた功績が評価されたためだ。まさしく、彼女たちあってこその昇格だったと言えよう。

（そうだ……俺も、もう上忍。しっかり皆を引っ張っていかないとな！）

改めて自分の立場……そして責任を自覚し、気を引き締め直す成幸であった。

「さて。それじゃ三人共、早速作戦会議を始めたいと思うんだけどいいかな？」

とはいえ、成幸は天才的な閃《ひらめ》きに恵まれるようなタイプではない。上忍となっても、仲

間と意見を交わし合って作戦を立てるつもりだった。

「うん、いいよー」

「もちろん、構いません」

「頑張ろうね！」

三人も、それぞれやる気満々といった感じで頷《うなず》いてくれる。

「ありがとう。それじゃ、まずは任務内容の確認からだけど……秘伝の書を取ってくる、っていうのは聞いてるよな？」

「聞いてはいるけど、秘伝の書って何なの？　あたし、名前しか聞いてないんだけど」

うるかが軽く首を傾けた。

「それが、実は俺も名前しか聞いてないんだよな……」

「見た目の情報などもないのですか？」

続けて、理珠が尋《たず》ねてくる。

「先ぱ……頭領は、見ればわかるって言ってたけど……」

「秘伝の書！　ってデカデカと書いてあるとか？」

文乃の表情も、疑問に満ちたものである。

「秘伝、って言ってるからには流石にそんなことはないと思うけど……」

苦笑を浮かべる成幸ではあるが、情報がない以上断言は出来なかった。

「ま、それについては頭領を信じて出たとこ勝負でいくしかないだろうな」

ここでああだこうだと言っても詮無《せんな》きことだと判断し、『秘伝の書』の正体については一旦棚上げしておくことにする成幸。

「確かなのは、その秘伝の書が桐須城の最上階にある書庫に保管されてるってことだ」

あすみから聞いておいた詳細を口にする。というか、三人もそこまでは既《すで》に聞いているはずだ……が、成幸が言った途端に三人は若干渋い表情となった。

「桐須城って、警備が厳重なことで有名だよねー」

眼下の桐須城へと目を向け、既にうるかはげんなりとした調子だ。

「最上階ともなると、登っていくのも大変そうですね……」

こちらはうるか程わかりやすくはないが、体力のない理珠もあまり乗り気でない様子。

「あと、城主さんがものすご〜く怖いって噂《うわさ》もあるね」

言いながら、文乃がブルリと身体《からだ》を震わせる。

「あぁ、確かに難しい任務になるだろう」

彼女たちが口にした情報は、もちろん成幸とて知っていた。

「でも、頭領が俺たちに任せたってことは俺たちなら出来るって信じてくれてるからだ。頭領の期待に応《こた》えられるよう、頑張ろう！」

だからこそ、鼓舞《こぶ》する。

彼女たちを……そして、自分自身を。

成幸の言葉に、三人は一度顔を見合わせて。

「もっちろん！」

「元より、そのつもりです」

「わたしたちなら、きっと出来るよね！」

再度、力強く頷いてくれた。

「さて……それじゃ、具体的にどうやって侵入するかだけど……」

言いながら、成幸は桐須城の方に視線を向ける。

見張りに見つからないよう城から離れた丘を集合場所として選んだが、この距離で見ても多数の兵が城を見回っている様が確認出来た。随所《ずいしょ》で赤々と焚《た》かれている篝火《かがりび》の数が、そのまま警備の厳重さを表している。

「やっぱ、正面突破は現実的じゃないよな……」

実際に目にしてみて、改めてそう思う。

「……あっ！　あたし、名案思いついちゃったんだけど！」

と、そこでうるかが張り切った様子で手を上げた。

「言ってみてくれ」

期待と共に耳を傾ける。

「あたしがまず一人でお堀から潜入して、内側から皆を手引きするっていうのはどう？」

「……なるほど」

顎《あご》に指を当て、成幸は頭の中でその案を検討した。

うるかの水遁《すいとん》は、下忍のレベルを大きく上回っている。というか、上忍まで含めても里の中で随一《ずいいち》だろう。うるかであれば、堀に満たされた水の中でも自由自在に動き回ることが出来る。見回りの兵たちも、水中にまでは意識を向けていないに違いない。

「うん、いい手だと思う」

そこまで考えて、成幸は大きく頷いた。

「それじゃ、うるか。頼めるか？」

「まっかしといてよ！」

こうして、いよいよ桐須城潜入作戦は実行に移されることとなった。


…○△×…


丘から降りて、ギリギリで見張りに見つからない距離にまで城に近づいた一行。

「気を付けてな、うるか」

「大丈夫大丈夫、あたしは水の中じゃ無敵だから！　最近はあんまり水辺の任務もなくてヨッキューフマン気味だったし、張り切って泳いできちゃうよ！」

心配する成幸に対して、うるかは気楽げな調子だ。

しかし実際、水中でうるかに勝《まさ》る存在を少なくとも成幸は知らない。

「あぁ、期待してるぞ！」

ゆえに、笑ってそう返す。

「いってきまーす！」

スチャッと手を上げ、うるかは音もなく駆け出した。細かい術は苦手な傾向にある彼女だが運動神経に優れており、その背中は見る見る遠ざかっていく。

程なくして堀に辿《たど》り着いたうるかは、チャプンと水が自然に揺らいだ程度の音量だけを残して水中に飛びこんだ。うるかに気付いた見張りは存在しないだろう。門番の様子を窺《うかが》ってみれば、あくびなどしながら緊張感のない顔を晒《さら》していた。

「うるかちゃん、上手くいくといいねー」

「そうだな……」

文乃に相槌《あいづち》を打ちながら、待つことしか出来ない自分に少しもどかしさを覚える。

「水中から、というのは私には無い発想でした。向こうも油断しているでしょう……が」

最後の方で言葉を濁《にご》した理珠の表情は、何か言いたげに見えた。

「緒方、何か懸念事項でもあるのか？」

それが気になって、尋ねてみる。

「そもそもの話なのですが……いえ」

言葉を途中で切って、理珠は小さく首を横に振った。

「うるかさんも、そこを考えていないわけではないでしょう。気にしないでください」

「そ、そうか……」

そう言われると余計に気になってしまうが、理珠にそれ以上語るつもりはなさそうだ。となると、成幸としてもそれ以上問いを重ねるのは戸惑《とまど》われた。そも、現在は任務中。雑談は控えるべきだろう。声を聞きつけた兵に見つからないとも限らない。

そう考え、成幸はジッと黙《もく》してうるかの成果を待つことにした。


そのまま、待つことしばし。

「……遅いな」

徐々に、成幸は焦《じ》れてきていた。

首尾よく侵入出来れば合図が来る手筈《てはず》だが、一向にその気配がない。

「侵入に手間取っているのでしょうか」

「逆に、意外と簡単に侵入出来すぎて秘伝の書を一人で取りに行っちゃってるとか？」

理珠と文乃が、それぞれそんな見解を述べた。二人共どこか楽天的な調子なのは、うるかの腕を信頼しているがゆえか。文乃はちょっとうつらうつらとしながら、理珠は紙に何かを猛烈《もうれつ》な勢いで書き連ねながら、マイペースに待機していた。

「どうだろうな……」

一方の成幸は、腕組みした腕をトントンと指で叩いて落ち着かない様子を見せている。

「もしも見張りに見つかって捕まったんだとしたら、救助に行かないと……」

最悪のケースを想定し、成幸が救出計画を検討し始めた時のこと。

「ぷはぁ……」

水面から、静かにうるかが顔を現した。

「うるか……！　よかった、無事だったか……！」

堀から上がってくるその姿に怪我《けが》が見られないことを確認し、成幸は安堵《あんど》の息を吐く。

「ん？　どうかした？」

当のうるかはケロッとした表情で、戻ってくるなり成幸の顔を見て首を傾けた。

「いや、万一捕まってたらどうしようかと思ってたところだったから」

「あっ、心配してくれてたんだ……ありがと」

うるかは、少し赤くなった自分の頬《ほお》を指で掻《か》く。

「けど、戻ってきたってことは潜入には失敗したってことか？」

「あー、それなんだけどさぁ……」

次いで、問いかけた成幸にどこか気まずげな表情を見せた。

「隅々《すみずみ》まで探してみたんだけど、中に繋《つな》がってるようなとこなかったんだよねぇ」

「やはり、そうでしたか」

苦笑気味のうるかに、真っ先に反応したのは理珠だ。

絶え間なく動かしていた手を止め、顔を上げる。

「通常、堀というのは敵の侵入を防ぐためのものです。そこから中に繋がる経路を作るようなことは、基本的にはないと思っていました」

どうやら、理珠はこの展開を予想していたらしい。

「……もしかして、さっき言いかけてたのもそれか？」

「はい」

先程途中で切られた話について言及すると、理珠はあっさりと頷いた。

「そういうことは、早く言ってくれよ……」

完全なる無駄な時間を過ごしてしまったことに、成幸としては脱力する思いである。

「自信満々なご様子だったので、私の知らない情報でも握っているのかと思いまして。それに、普通は繋がっていないと思われているからこそ、そこに脱出経路などを用意しておくということも考えられますし」

一方の理珠は、変わらず淡々とした調子だ。

「なるほどな……」

そう言われると、成幸としても確かに一理あるような気がしてきた。

「なるほどねー」

もっとも、成幸同様に感心した調子で頷いていることから、うるかにそこまでの考えはなかったのであろうことが察せられたが。

「とはいえ、一通り探した段階で中に繋がる道はなさそうだってわからなかったのか？」

「いやほら、ダッシュツケーロ的なアレがね。あるかもしれないからね。やっぱ、隅々までちゃんと探さないとでしょ」

苦言を呈す成幸に、うるかはもっともらしい顔で何度も頷く。

「……泳ぐのが楽しくて、途中からそっちメインになってたとかじゃないよな？」

しかし若干視線を鋭《するど》くして尋ねると、その顔がギクリと強張《こわば》った。潜入に失敗したにも拘《かか》わらず彼女の表情にどこか満足げな色が混ざっていることを、成幸は見逃してはいない。

「あ、はは～。いやいや、ソンナマサカ」

露骨に目を逸《そ》らし、ピュ～と口笛を吹くうるか。

「……はぁ。まぁいい」

小さく溜め息を吐いてから、成幸は頭を切り替えることにした。

「堀からの潜入は無理、ってわかったのも一つの成果だしな」

「そうそう！　そういうことを言いたかったんだよあたしは！」

「お前な……」

調子のいいことを言って笑ううるかを、半目で軽く睨む成幸。

「ともかく、次の作戦を立てる必要がある」

表情を改めて、三人の顔を見回す。

「何か、良い案がある人はいないか？」

「あ、はい。じゃあわたしから」

すると、スッと文乃が手を上げた。

「眠り火の術で見張りを眠らせる、っていうのはどうかな？」

「なるほど……やってみる価値はありそうだ」

眠り火の術とは、特製の薬を染みこませた紙こよりを燃やすことで発生する煙を吸わせ、対象を眠りに誘う術である。文乃が得意とする術の一つだ。

「じゃあ、行ってくるね」

「あぁ、頼んだ」

成幸の言葉を背に受け、軽い足取りで踏み出す文乃。忍び足で素早く城門まで近寄ると、門番の死角に隠れた。風向《かざむ》きを確認する動作を取った後、懐《ふところ》から紙こよりを取り出し火をつける。そこから発生した煙は、果たして狙《ねら》い通りに門番の方へと漂っていった。煙に気付く様子もなく、門番は大きくあくびする。それから、徐々にうつらうつらと頭を前後させ始め……しばらくすると、その場に蹲《うずくま》って眠りに入ったようだ。

「よし……！」

その様を見て、成幸はガッツポーズを取った。

そんな成幸に向けてウインク一つ、文乃は門番の横を通り抜けて門の内側へと入っていく。実にスムーズな侵入だった。

「後は、文乃っちが巻物を取ってきてくれるのを待つだけだねっ」

「あぁ、そうだな」

期待と共に、その背中を見送る。

「私の作業が徒労に終わることを祈っています」

また も何かをサラサラと紙に書きこみながら、理珠。

「……ていうか、緒方はさっきから何をやってるんだ？」

実は先程から気になっていたことを、今更ながらに問いかける。

「必要な時が来れば開示します」

「そ、そうか……」

何をしているのかはわからないが、集中しているらしいことは確かだ。あまり邪魔しないよう、成幸は理珠については一旦置いておくことにした。

「頼むぞ、古橋……」

いずれにせよ、文乃が巻物を奪取すれば終わる話である。

そのまま、待つことそれなりの時間。

「……遅すぎる」

またも、腕をトントンと指で叩きながら成幸は落ち着かない様子を見せていた。

「まぁ、眠り火の術って効くまでの時間に個人差あるしねー」

「文乃のことです、慎重にことを運んでいるのでしょう」

うるかの時と同じく、居残り組の少女たちは楽観的な調子である。うるかは柔軟体操をしながら、理珠は引き続き紙に何かを書きこみながらの返答だった。

「……俺、ちょっと様子を見てくるわ」

彼女たちほど気楽に構えることが出来ず、成幸は足を踏み出す。

足音もなく、城門へと接近。

「がー……ぐおー……」

高いびきをかく門番の横を、そっと通り過ぎる。

「ぐー……ぐー……」

「すや……すや……」

「すぴー……すぴー……」

城の中を進んでいくと、随所で兵たちの眠りこけている姿が目に入ってきた。

これが文乃の軌跡《きせき》と考えて間違いないだろう。

（ここまでは順調に侵入していってるように見えるけど……？）

眠った兵たちを目印にする形で、文乃の通ったであろう道を辿っていく。

そうして、何度目かの角を曲がったところで。

「っ!?」

その先に広がっていた光景に、成幸は息を呑《の》むこととなった。

「古橋っ!?」

思わず、敵地であることも忘れて大きな声を出してしまう。

なぜなら……そこに、倒れ伏す文乃の姿があったのだから。

「大丈夫か!?」

慌《あわ》てて抱き起こすも、返事はない。

ただ、見た感じ外傷はなさそうだ。むしろ、すやすやと心地よさそうな寝息を立てている。一見しただけでは、ただ眠っているようにしか見えなかった。

「……とりあえず、一旦戻るか」

いずれにせよ、この場に留まるのは得策ではないだろう。そう判断した成幸は文乃を抱きかかえて、来た道をそのまま戻ることにした。

兵たちを起こさないよう慎重に、しかし早足で……程なく、城門をくぐって外に出る。

「おかえりー……って、文乃っちどうしたの!?」

「文乃は無事なのですかっ……!?」

うるかと理珠のもとに戻ると、二人は心配そうに文乃の顔を覗《のぞ》きこんできた。

「んぅ……」

ちょうどその時、文乃がそんな声と共に身じろぎする。

「んんっ……？」

そして、その目がゆっくりと開き始めた。

「ふわぁ……おはよう、みんな……」

周囲の心配を他所《よそ》に、丸っきり普通に眠りから目覚めたようにしか見えなかった。

小さくあくびをした後、文乃は自身の身体を見下ろしてギョッと顔を強張らせる。

「って、ふわっ!?　成幸くん!?」

成幸に抱きかかえられているという現状にようやく気付いたらしく、顔を赤くしてバタバタと手足を動かし始めた。

「ちょ、暴れるなって……！　今、下ろすから……！」

それを宥《なだ》めながら、成幸は文乃を地面に下ろす。

文乃は、成幸が想定していたよりも随分《ずいぶん》としっかりとした足取りで地に立った。

「って……あれ？　なんでわたし、寝てたんだっけ……？」

もっとも、いまいち自分の状況を認識出来ていないようではあったが。

「それはこっちが聞きたいことなんだが……」

混乱しているのは成幸も同様……というか、文乃以上に混乱している自信があった。

「敵の罠《わな》にでも嵌《は》まったのか？」

例えば、それこそ眠り火の術のような仕掛けがあったとか。

と考えかけて、成幸は首を捻《ひね》る。

「その割には、俺は何ともなかったが……」

「あー……そっか。いや、そうじゃなくて」

そこで文乃も自《みずか》らの身に起こったことを思い出したのか、どこか気まずげな顔となった。

その表情に、成幸はますます首を捻る。

「まさか、自分で使った眠り火の術にかかったとか？」

「もう、わたしはそんなにドジッ子じゃないよ？」

ふと思いついた可能性について口にすると、文乃は軽く頬を膨らませた。

「ははっ、そうだよな……悪い悪い」

成幸としても本気でそう考えていたわけではなかったので、苦笑気味に謝罪。

「けど、じゃあ結局何があってあそこに倒れてたんだ？」

表情を改め、真相を尋ねる。

「いやー、それがね」

「うん」

「眠り火の術って、結構気を使うじゃない？　風向きとか、火加減とか。それこそ、下手《へた》すると自分が眠っちゃいかねないし」

「うん……？」

急に話が変わったように思えて、成幸は軽く眉を顰《ひそ》めた。

「まぁ、そうだな」

とはいえそれ自体に異論はなかったので、とりあえず頷いておく。

「だから、途中でちょっと休憩《きゅうけい》しようと思って腰を下ろしたんだけど」

「うん……」

なんとなく、話の雲行きが怪《あや》しくなってきたような気がしてきた。

「それで、実はわたし今日ちょっと寝不足気味で」

「お、おぅ……」

話のオチまで見えた気がする。

「つい、ウトウトっと居眠りしちゃった」

果たして、「てへっ」と可愛《かわい》く笑う文乃が語る内容は予想した通りのものだった。

「いや、敵地で居眠りしないでいただけます!? ていうかそれ、いっそ敵の罠とか自分の術にかかってたって方がまだマシだったわ! あと、居眠りってレベルの寝方じゃなかったよな!? 完全に寝入ってたぞ!?」

「いやー、寝不足だったもんで」

「一応言っとくけど、『寝不足』は何にでも使える万能言い訳ワードじゃないからな!?」

連続でツッコミを入れて、成幸はぜぇぜぇと肩を上下させる。

「……まぁとにかく、無事でよかったよ」

それから、苦味半分安堵半分といった調子で笑みを浮かべた。

「成幸くん……」

文乃が、軽く目を潤《うる》ませる。

「うん、ありがとう。ごめんね、心配かけて」

まず成幸に向けて頭を下げ、次いで理珠とうるかの方を向いてもう一度頭を下げる。

「二人も、ごめん。巻物も取ってこれなかったし……」

「あ、ははっ……まー、あたしは人のこと言えないし……」

「無事に戻ってきてさえくれれば、次があります。問題ありません」

うるかが苦笑気味に、理珠が少しだけ口元を緩ませて文乃に返す。

「あぁ、緒方の言う通りだ。俺たちは、百発百中で任務を成功させられるような凄《すご》い忍じゃない。でも、これまでだって何度も失敗を重ねながらも試行錯誤《しこうさくご》することで色んな任務を乗り越えてきたんじゃないか。今回だって同じさ」

「うん……そうだねっ！　落ちこんでる場合じゃないよねっ！」

「そーそー、まだ終わっちゃったわけじゃないんだし！」

「任務はこれからです」

成幸の言葉に、三人も大きく頷いてくれた。

「あと、寝不足とか調子が悪いところがあるんだったら先に言っといてくれよな」

先の反省を活《い》かし、そう断っておくことも忘れない。

「古橋は、まだ本調子じゃない感じか？」

「うぅん、結構たっぷり寝たからもう万全だよ！」

「そ、そうか……まぁ、それなら何よりだ……」

言葉通り先程までより顔色が良い文乃に、成幸は苦笑気味にそう返すに留めた。

「さて、それじゃ次の作戦なんだが……」

頭を切り替え、再度作戦会議に入ろうとしたところで。

「はい」

素早く手を上げたのは、理珠である。

「準備が整いました」

「準備……？」

思わぬ言葉に、成幸は眉根を寄せ……しかし、一つの心当たりを見つける。

「もしかして、さっきからずっと何かを書いてたやつのことか……？」

「はい、その通りです」

尋ねると、気持ちドヤ顔で理珠が数枚の紙を差し出してきた。

綿密に書きこまれたそれは……見取り図である。

「これ……この城のか？」

「はい」

驚き交じりの成幸に、理珠は軽く頷いた。

「事前に仕入れていた情報に、一般的な建築の知識……加えて、外からの観察によって得られた知見を元に書いたものです。流石に罠の位置などはわかりませんが、間取りそのものは大きく間違ってはいないはずです。更に、そこから推測した最適な侵入経路も書き加えてあります。この経路を行くのが恐らく最も安全でしょう」

彼女の言葉通り、図には幾本《いくほん》もの矢印が記載されていた。

「なるほど……流石だな、緒方！　よくやってくれた！　ありがとう！」

「任務のためです、礼には及びません」

クールに返す理珠だが、そのドヤ顔具合は割と深まり気味である。

「では、早速行ってきます。まずは、あそこを乗り越えるのが最善ですので」

と、城の外壁を指差してから理珠は颯爽《さっそう》と歩き出した。

「あぁ、頼んだ」

成幸の言葉にチラリと振り返って頷いてから、理珠はズンズンと進んでいく。なるほど確かに彼女が向かう先は見張りから死角になっているようで、他の場所よりも随分と侵入しやすいように見えた。

そのまま、理珠は外壁に迫り。

「ふっ……！」

鋭い呼気と共に、タンッと跳んだ。

そして。

…………タン。

直後、その場に着地した。

「ふっ……！　はっ……！　たっ……！」

呼気だけは変わらず鋭く、理珠は何度もジャンプする。

しかし外壁の上部には全く届かず、傍目《はため》には単にその場でピョンピョコと飛び跳ねているだけにしか見えなかった。その跳躍《ちょうやく》の到達点も実に低く、なんだったらそこらの子供の方がもうちょっと高く跳べるレベルだろう。

（そうだった……緒方は、こうなんだった……）

忍としてあるまじき身体能力の低さが彼女の欠点の一つであることを、成幸は今更ながらに思い出す。それでもその論理的な思考や冷静な判断力が彼女を優秀な忍たらしめているのだが、こういう単純に筋力が試される場面には滅法弱い。

PYON
PYOKO

「とぅっ……！」

引き続き、健気《けなげ》に跳び続けてはいるが……これは、勝ち筋のない戦いと言えよう。

「…………」

しばらくチャレンジを続けた後、理珠が若干の涙目を成幸の方に向けてきた。

（緒方、一旦戻ってくれ……）

手招きで、戻ってくるよう指示する。

「ぜぇ……はぁ……」

幾度の跳躍で体力を消耗《しょうもう》したらしく、戻ってきた理珠は完全に息が上がっていた。

「計画は……ぜぇ……完璧……はぁ……だったの……ですが」

荒い息の合間で、不満げにそう漏《も》らす。

「あぁ……そうだな。緒方の計画は完璧だと思うよ」

本心から、成幸はそう返した。実際、彼女の描いた見取り図そのものは素晴らしい出来であるといえるだろう。後は、それを活かすだけ。

そこまで考えて、成幸は非常に今更ながらの事実に気付く。

「ていうか……考えてみれば、わざわざ一人ずつで行く必要なんてなかったよな……」

「「「…………あー」」」

成幸の言葉に、三人も納得の表情でポンと手を打った。

そこからの潜入は、順調に進んでいったと言えよう。

「ほいリズりん、引き上げるよー」

「お願いします」

時に、互いに声をかけ合いながらうるかが理珠を補助し。

「緒方、この先は真っ直ぐでいいのか？」

「……いえ、待ってください。この構造ですと、少し遠回りした方が見張りの死角を突きやすいでしょう。そうすれば、文乃……」

「うん、わたしが眠らせちゃうよっ」

時に、理珠の指示に従い文乃が見張りを眠らせ。

「りっちゃん、これって仕掛け扉……だよね？」

「ですね……開けるには、向こうの天井に付いている突起を押せばよさそうです」

「あたしなら跳べばギリで届きそうだけど、行ってこようか？」

「いや、派手に動くと見張りに見つかる可能性がある。ここは俺が……はっ！」

時に、成幸の手裏剣《しゅりけん》によって仕掛けを解除したり。

成幸たちは、桐須城の奥へ奥へと潜入していく。

「さっすが成幸、お見事だね」

「ま、これくらいはな」

こうして、時折雑談を交わす程度の余裕まであった。

余談ではあるが、成幸も運動能力は決して高い方ではない。しかし手先の器用さに普段からの練習量も加わり、投擲《とうてき》系は割と得意だったりする。

「……あれ？　また仕掛け扉っぽいね」

「どうやら、この城の設計者は仕掛け好きのようですね」

前方に固く閉じられた扉が見えたところで呟《つぶや》く文乃に、理珠が頷いた。

「でも、今度はわかりやすいとこに解除の仕掛けはなさそうだねー……もう、無理矢理いっとく？　あたし、爆薬持ってきてるよ？」

「ここまでの隠密《おんみつ》行動が無駄になるからやめてくれ……」

流石に冗談だと信じたい……という思いと共に、成幸はうるかにツッコミを入れる。

「でも成幸くん、うるかちゃんの言うことにも一理あるんじゃない？　ここで手間取って見張りが沢山《たくさん》来ちゃったら、結局無理にでも扉を開けない限り袋小路《ふくろこうじ》だよ？」

「確かにな……」

次いで、文乃からの指摘を受けて顎に指を当てた。

「それじゃ……時間を決めて仕掛けを探すことに……」

「いえ、必要ありません」

成幸の言葉を途中で遮《さえぎ》る形で、理珠が淡々と告げる。

「もう、解けました」

言いながら、理珠は傍《かたわ》らの壁に手を這《は》わせた。

「周囲の間取りから考えて、ここに不自然な空洞《くうどう》が存在することになります。恐らくは……っと。どうやらこれのようですね」

カチリ。

小さな音が鳴ったかと思えば、壁の一部が横にスライドする。奥の方は薄暗くてよく見

えないが、どうやら通路になっているようだ。

「ふむ、扉そのものを開ける仕掛けではありませんでしたか。しかし、この奥にそれがある可能性は非常に高いと思います」

「あぁ、そうだな。けど……」

頷いてから、成幸は新たに現れた通路を観察する。

一言で称するならば……大変に、狭い。

「くっ……やっぱり俺じゃ無理か……」

試しに身体を横向きにして通路に入ろうとしてみたが、入り口で引っ掛かってしまって無理だった。男性としては細身の部類に入る成幸ではあるが、それでもここを抜けるのは厳しそうだ。あるいは、男性がこの仕掛けを解除することが出来ないようにあえてこのように設計されているのかもしれない。

「そうなると……」

成幸は、まず理珠の方に目を向けた。この中で、一番小柄《こがら》なのは彼女である。

……が。間違いなく、引っ掛かるであろう。

彼女の身体の厚さは、部分的には成幸以上である。

であればと、次に目を向けた先はうるか。

（緒方よりは可能性がありそうだが……）

そう考えながら、最後に文乃の方を見る。

そして、成幸の考えは決まった。

「古橋、行ってくれるか？」

消去法的に、最も適しているのは彼女であろう。

「うん、まぁ、それはいいんだけど」

一つ頷いてから、文乃はニッコリと笑った。

「どういう選定基準なのかな？　ん？　ん？　怒らないから言ってみ？」

そう、笑顔である……が。

ゴゴゴゴゴ……！　と、彼女のその表情からはとんでもない威圧感が放たれていた。

「いや、その、古橋さんのご才覚に期待したと申しますか……」

それに気圧《けお》され、成幸の言い訳はしどろもどろなものとなる。

「……ま、実際この場はわたしが一番適任だろうけど」

そう言いながら、どこか拗《す》ねたように唇《くちびる》を尖《とが》らせる文乃。

威圧感が消え去り、成幸は密《ひそ》かにホッと胸を撫《な》で下ろす。

「それじゃ、ちょっと行ってくるね」

そこからは特に揉《も》めることもなく、文乃は細い通路へと身体を滑りこませた。

果たしてどこも引っ掛かることなく、文乃の身体は実にスムーズに受け入れられる。

「うふふ、そうだよね～まぁそうなるよね～あーよかった任務に適した身体で～」

もっとも、その結果が余計に彼女の心を荒《すさ》ませたようだが。

歌うような調子で紡《つむ》がれる呪詛《じゆそ》を、成幸は聞かなかったことにした。

「おっ、ちょっと広いところに出た……たぶん、これが仕掛けかな？」

程なく、そんな文乃の声が聞こえた直後にガチャンと扉の方から音が鳴った。

恐らくは、扉の仕掛けが解除されたのだろう。

「よし、やったな古……！」

しかし、成幸が喜びの声を上げたと同時。

ガン！

新たな壁が上から降りてきて、細い通路を塞《ふさ》いでしまった。

つまり、文乃が閉じこめられた形である。

「マジか……!? くっ……! 駄目だ、開かない……!」

先程の理珠を真似《まね》て壁に手を這わせてみるも、今度は動きそうな気配もなかった。

「……本来、扉を開けるまでにもう幾つか手順が必要だったのかもしれません。恐らくは、侵入者対策の罠が発動したのかと……迂闊《うかつ》でした、すみません」

「いや、俺もそこまで考えが至らなかった。この段階で古橋に頼んだ俺の責任だ」

理珠と成幸が、それぞれ顔に悔恨《かいこん》を浮かべる。

「いや今はそれより、文乃っちを助け出す方法を考えないと!」

しかし、うるかの言葉で二人もハッと表情を改めた。

「あぁ、そうだな」

「解除の仕掛けも、近くにあるはずです」

「よし、ちゃっちゃと探しちゃおう!」

と、周囲を探索し始める三人だったが。

「あー、いや。わたしのことは気にしないで、先に行って?」

当の文乃から、壁越しに待ったがかかった。

「ここで時間を取られちゃ、肝心《かんじん》の任務が失敗しちゃうかもでしょ?」

「いや、けど古橋……」

「りっちゃん、わたしだったらこの仕掛けが発動した時点で見張りの人に連絡が行くようにすると思うんだけど……どうかな？」

戸惑う成幸に対して、文乃の言葉は落ち着きを感じさせるものだ。

「確かに……その可能性は多分にあると思われます」

一方こちらは、やや苦い顔で理珠。

「でも、文乃っちを置いていくなんて……」

うるかも、戸惑いと焦《あせ》りがブレンドされたような表情である。

「大丈夫大丈夫、わたしだって忍だよ？　それに、この通路は細すぎて一人ずつしか通れないから。一対一なら、そう簡単に捕まりはしないって。皆は先に巻物を手に入れてから、ゆっくり助けに来てよ」

成幸たちを安心させるように……否、『ように』ではなく事実そのためなのだろう。文乃の声には震えもなく、しっかりとした強い口調で言い切られた。

「……わかった。俺たちは、先に進む」

しばらく苦渋《くじゅう》に満ちた表情で考えた後、成幸はコクリと頷く。

「成幸……」

「成幸さん……」

その決断に、うるかと理珠が真剣な表情でジッと見つめてきた。

「うん、巻物の方はよろしくね。わたしは、ここで休憩させてもらいまぁす♪」

他方、文乃の声色《こわいろ》は茶化すような軽い調子である。

「……そうだね、ゆっくり休んでてよ！」

「文乃の分まで、頑張ってきますので」

文乃の言葉に、うるかと理珠も笑みを浮かべた。

彼女たちの目には、再び前向きな光が戻っている。

「よし……それじゃ、行くぞ二人共！」

成幸も、意識して明るい声で言った。

「うん！　行こう！」

「はい……！」

二人の返事を受けて、一行は最上階を目指して更に進んでいく。

・・・○△×・・・

「成幸さん、ここからは余計な回り道をせず最短距離で進んでいきましょう」

文乃を残し出発して程なく、理珠がそんな声を上げた。

「そうだな、早く古橋を迎えに行くためにも……」

「それもありますが……文乃が懸念していた通り、先程の罠に掛かってしまったことで私たちの存在は既に相手にバレていると考えた方が良いでしょう。であれば、時間は私たちの敵となります。隠密行動よりも速度を重視すべきです」

「はいはーい！　あたしも、それ賛成っ！」

理珠の提案に、うるかが元気よく手を上げて同意を示す。

彼女の場合は、元々あまりチマチマとした行動を好まないところがある。そういった意味でも、理珠の提案は渡りに船だったのだろう。

「よし、それじゃあここからは全速力だ……！」

言いながら、成幸は走る速度を上げた。

それと、ほぼ時を同じくして。

「っと……噂をすれば、か……」

背後から聞こえてくる、多人数の足音。まだ追いつかれてはおらず、その姿も見えないが、成幸たちの方に向かってきていることは明白だった。

「賊《ぞく》が侵入したようだぞ！」

「あっちだ！　捕まえろ！」

「逃すと城主様のお説教コースだぞ！」

「まぁ、それはそれで……」

「言ってる場合か!?」

そんな怒号に、成幸は選択を迫られる。

（このまま逃げに徹《てつ》するか、迎え撃つか……）

どちらも、一長一短であるように思えた。迎え撃てば当然それだけ時間がかかるし、その間にも増援が次々と現れることだろう。かといって、先程の仕掛け扉のようなものにまた出くわした場合その段階で追い詰められてしまう。悩ましいところであった。

「成幸、ここはあたしに任せて！」

しかし、傍らを走るうるかは即座に答えを出したようだ。

足を止め、背後を振り返り。

「水遁、轟濁流《ごうだくりゅう》の術！」

彼女が素早く印を結んで叫んだ瞬間、どこからともなく大量の水が噴出した。術名の通り轟々《ごうごう》と音を立てる濁流で、たちまち城の廊下が満たされる。

折よく……彼らにとっては、運悪く。

ちょうどそこに、衛兵らしき男たちが曲がり角から顔を覗かせた。

「ぐあぁぁぁぁぁぁぁぁぁ!?　なんだこれは!?」

「急に水が!?」

「あぶぶぶぶぶぶっ!?」

「ずぶ濡《ぬ》れになった廊下の後始末、すげぇ面倒くさそう！」

「今それ心配する!?」

そして、悲鳴と共に次々押し流されていく。

「更に……人魚《にんぎょ》変化の術！」

続いて別の印を結んだうるかの身体がドロンと煙に包まれ、再び現れた時、彼女の下半

身は魚のそれとなっていた。

「追っ手は食い止めとくから！　巻物をお願い！」

「わかった！　ここは頼んだ！」

自らが生み出した水の中に飛びこんでいくうるかの背中に、叫んで返す。

実際、ここで二手に分かれるというのは合理的な判断である。そして、殿《しんがり》を務めるならばうるかが適任であろう。この面子《めんつ》の中で……というか里全体で見ても、うるかの身体能力は圧倒的だ。更に、こうして己の得意とするフィールドを自ら生み出せるという強みまで持っている。水中で彼女を捕らえられる者など存在しないだろう。ここまでは隠密行動を最優先としてきたため派手な行動は控えていたが、その縛りから解き放たれた今、うるかはまさしく水を得た魚のようであった。

「よし、行くぞ！」

「はい……！」

ゆえに、成幸も理珠も迷いなくうるかとは反対の方へと駆け出した。

うるかが上手く食い止めてくれているおかげか、それからは追っ手の気配も薄く。

　成幸たちは、最上階へと続く長い階段の前まで辿り着いた。

「……成幸さん、今度は、私が、残る、番の、ようです」

「えっ……？」

　いざ行かんと階段を登り始めたところで後ろから声をかけられ、成幸は驚きと共に理珠の方へと振り向く。

「まさか、また追っ手が…………って、あぁ……なるほど」

　そして、彼女が残ると言った理由を理解した。

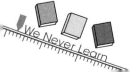

　その肩は大きく上下しており、顔色も悪くなってきている。明らかに、限界を迎えている様子だった。むしろ、彼女の体力でよくここまで付いてきてくれたと言うべきだろう。
「ぜぇ……一応、言っておきますが……はぁ……これは、体力の限界を、迎えた……などというわけではなく……ぜぇ……はぁ……最上階に、繋がるここを……死守すべきである……との、判断ですので……」

「うんうん、わかってるさ」

露骨に息を切らせながらも強がる理珠に、成幸は生温かい視線を向けた。

(それに、緒方の言うことにも一理あるのは確かだ。巻物を手に入れた後のことを考えると、ここで待ち伏せされるのは痛い……が)

成幸の中に迷いが生まれる。うるかとは対照的に、理珠は今回のメンバーの中では最も戦闘能力が低い。任せていいものかどうか、判断しかねるところだった。

「ご安心ください」

そんな成幸の迷いを見て取ったのか、ようやく息が整ってきた理珠が背筋を伸ばす。

「私も、自身の能力くらい把握《はあく》しています。追っ手と直接対峙《たいじ》するような愚《ぐ》は犯しません。そして……それでも防げる手段を持っていることを、成幸さんもご存じでしょう?」

自信ありげにニヤリと笑い、理珠は自身の胸元に手を入れた。

するとそこから、多種多様な工具や薬品、果ては怪しげな植物までが次々と取り出された。いくら豊満に膨らんでいたとはいえ、明らかに胸元に収納出来る量ではなかった……というか、取り出した上でもそのサイズは全く変化していないように見える。ゆえに何らかの術を用いていると思われるのだが、その点について突っこんで聞くのは憚《はばか》られた。

「周囲の壁も切り崩し、ここを簡易的な砦《とりで》として守りに入ります…………成幸さん？　聞いていますか？」

「あ、あぁ……いや大丈夫、ちゃんと聞いてたから」

胸部の不思議について思いを馳《は》せていたところ少しボーッとしてしまっていたようで、眉を顰めた理珠に慌てて返事する。

「そうだな、じゃあ頼んだぞ緒方」

それから、改めてこの場を託した。

理珠の作業の正確さ、そして頭の回転の速さには定評がある。彼女であれば、この地形を最も活かした形で守りを固めてくれるだろう。この点において、成幸は理珠のことを疑いようもなく信頼していた。

「お任せを」

果たして、理珠も不安を微塵《みじん》も感じさせない調子で頷く。

「それじゃ……俺は、最後にもうひとっ走り行ってくる！」

その姿に頼もしさを覚えながら、成幸は階段の方へと向き直った。

「まだ罠が仕掛けられている可能性もあります、お気をつけて」

「あぁ！」

背中越しに理珠へと答えて、全力でそこを駆け上がる。

・・・○△×・・・

「よし……ついに辿り着いたぞ……！」

階段を登りきり、最上階の更に最奥に位置する部屋の前にまで辿り着いた成幸。事前情報が確かであれば、この書庫に『秘伝の書』が存在するはずだ。

今、成幸の胸にあるのは少しの達成感と……そして、焦りであった。

「早く回収して、あいつらのとこに戻らないとな……！」

こうしている間にも、仲間たちは危険と戦っているのだ。

成幸はしかし、逸《はや》る気持ちを抑えて慎重な手付きで扉を開けた。

ここで成幸が捕まってしまっては、全てが水の泡だ。

ゆっくりと引き戸を開けていき……そして。

「……なっ!?」

その先に広がっていた光景に、思わず絶句した。

想像していたのは、整然と並ぶ巻物や冊子の山である。

なるほど実際、目の前にあるのも巻物や冊子の山ではあった。

ただ、想像以上に『山』である。物理的な意味で。

巻物、冊子、冊子、冊子、巻物、ゴミ袋と思《おぼ》しき物体、冊子、冊子、たぶん何らかの衣類、ちょっとズレたところになぜか空《から》のお櫃《ひつ》、冊子、巻物、巻物、巻物……が、ちょうどバランスを崩して転がり落ちた。

そんな感じで、分類も何もなく、恐らく法則性もなく、それどころかところどころに生活用品まで交じって、ただ適当に置いていったとしか思えない風に『山』となって積まれていたのである。本棚も一応存在はするものの、それ自体が物に埋まっており全く機能していない。

そんな状況を目の前にして、成幸は。

「……なるほど、これが最後の罠ってわけか」

そう判断した。

「確かに、これじゃ目的の物があってもそうそう見つけられない……か」

もしもここに、冷静な人間……例えば文乃などがいた場合、「いや、単にズボラなだけなんじゃないかなぁ……」などとツッコミを入れたことだろう。

「ふっ……けど、ここで臆《おく》してちゃあいつらに顔向け出来ないよな」

しかし、成幸は己の判断を疑うことなく忍び装束の袖《そで》を捲《まく》る。

「受けて立つぜ、城主さん！」

そして、猛烈な勢いで書庫の中を整頓《せいとん》し始めた。

実のところ、掃除は成幸の得意分野である。なんだったら、忍術より得意とまで言っていい。妹と弟の世話をしているうちに、自然と身についたスキルだ。

（まさか、忍として活かす時が来るだなんて思わなかったけどな……）

軽く苦笑しながらも、その手は止まらず。

書庫の中は、瞬《またた》く間に綺麗《きれい》になっていった。


…○△×…

それから、しばし時間が経過し。

「ふぅ……だいぶ片付いてきたな」

額《ひたい》の汗を拭《ぬぐ》う成幸が見回す室内は、来た時とは見違えるような様となっていた。

冊子は冊子、巻物は巻物で種類分け。また、生活用品も一箇所にまとまっている。

書物の類《たぐい》は関連する分野ごとに分類され、本棚に整然と並んでいた。

その光景に、満足げに頷き……成幸は、しかしふと顔を曇《くも》らせた。

「けど、肝心の秘伝の書とやらが見当たらないな……？　普通の書物に紛《まぎ》れてるのか……？　先輩は、見ればわかるって言ってたけど……」

そんな風に独《ひと》りごちながら、首を捻ったのとほぼ同時。

「っ!?」

人の気配を感じ取り、成幸は素早く物陰《ものかげ》へと身体を滑りこませた。

直後、書庫の扉が開かれる。

「……杞《き》憂《ゆう》。賊が忍び込んだというから確認に来たけれど、ここまでは侵入していないようね。下が少々騒がしいけど、捕まえるのも時間の問題でしょう」

その向こうから現れたのは、着物で身を包んだ女性だ。華美でこそないが、その仕立ては明らかに上質であると一目でわかる。

「それにしても、この私の城に侵入しようなどとは身の程知らずな輩《やから》もいたものね」

そして、その発言。

成幸は、女性の正体を確信した。

（桐須城の女城主……桐須真冬《まふゆ》か！）

思わぬ大物……この城のトップとの遭遇に、成幸の頬を冷や汗が流れる。

「……あら？」

成幸が陰からことを見守る中、真冬は若干不思議そうな表情で室内を見回していた。

「疑問……この書庫の中って、こんな風だったかしら……？　なんというか、もうちょっと散らかっていたような……？」

（いや、もうちょっとってレベルじゃなかったですけどねぇ！）

思わず心の中でツッコミを入れる。

「城の者には、書庫への入室は許可していない……と、なると……」

（げ……！　しまった、やりすぎたか……！　確かにこんなに様変わりしてるんじゃ、誰かが侵入したことなんて丸わかりじゃないか……！）

今更ながらに己の浅慮《せんりょ》に気付き、冷や汗の量が一気に増えた。

「ふむ」

ダラダラ汗を流す成幸の視線の先で、何やら満足げに頷く真冬。

「納得。どうやら、覚えていないうちに自分で片付けていたようね。なかなかやるものじゃない、私も」

（いやそんなわけないでしょうが!?　ていうか、それが出来る人だったらそもそもあんなに散らからないでしょ！）

再び、心の中でツッコミを入れる。

（……けど、どうやら助かったみたいだな）

次いで、ホッと胸を撫で下ろした。

しかし、それも束《つか》の間《ま》のこと。

「ひゃぁっ!?」

（っ!?）

突如《とつじょ》可愛い感じの悲鳴を上げた真冬に、成幸も釣られて声を上げそうになった。

（なんだ……!?　一旦油断させたところでおびき出す作戦か……!?）

頭の中で必死に考えるも、どうにも状況が読めない。

「こ、来ないで……！」

真冬は、何かに怯《おび》えるように必死に後ずさっていた。その対象が成幸でないことは、視線の角度からも明らかだ。しかし、室内には他に誰もいない。

そう思った成幸だったが。

（……あ、いや）

よくよく目を凝《こ》らしてみたことで、その存在に気付いた。

地を這う、黒光りした虫である。カサカサと素早く動くその様が本能的な恐怖を呼び起こすことは、成幸自身も知っていた。女性ならば特に、苦手な人も多いだろう。

そう……G。『ゴ』で始まり、『リ』で終わる、奴がそこにいるのだ。

「きょ、拒絶……！　来ないでと言っているでしょう……！」

果たして真冬もご多分に漏れず、その存在を苦手としているらしい。Gから逃げる形で後ずさっていくが、すぐに部屋の端《はし》へと追い詰められてしまった。

「くっ……このっ……！」

それから、真冬は周囲にあったものを手当たり次第という感じで投げ始めた。

(おごぉ……!?　せっかく片付けたのに……!?)

瞬く間に元の惨状《さんじょう》に戻っていく室内に、軽く絶望感を覚える成幸。思わず出ていきそうになったレベルだが、それはどうにか堪《こら》えた。

(くっ、とにかく今は耐えて……って、危ねぇ!?)

自らの顔面に向かって飛んできた巻物を、ギリギリで避《よ》ける。

どうやら真冬は目を瞑《つぶ》った状態で物を投げているようで、その軌道《きどう》は滅茶苦茶だった。

(ていうか、このままじゃ下手すると見つかりかねないな……)

パニックに陥《おちい》った真冬が、成幸の隠れている場所に突っこんでこないとも限らない。

(今なら……殺《や》れる!)

即座に覚悟を決め、成幸は懐から手裏剣を取り出し素早く投擲した。

獲物は、真冬……に、あと一歩のところまで迫っていたGである。

ザクッ!　狙い違《たが》わず、手裏剣は見事にその小さな的に命中した。

「……?　今、何かが刺さった音が聞こえたような……」

程なく、真冬が恐る恐る目を開ける。

それから、目の前で討ち取られた宿敵の姿を見て軽く驚きの表情を浮かべた。

「手裏剣……？」

次いでその得物に気付いたか、眉を顰める。

自身の存在がバレるか否か、ここも成幸にとっての賭《か》けであった。

「こんなもの、どうして書庫にあるのかしら……？」

しかし、成幸としては分の悪い賭けではないと思っている。

「まぁ、あっても不思議ではないかもしれないわね」

そして、賭けは成幸の勝ちに傾いたようだ。元の部屋の惨状から察するに、恐らく主である真冬自身も書庫の中に何があるのか完全には把握出来ていないだろうと考えたのだ。

そもそも、本と全く関係のないものも山程あったのだから。

「幸運……たまたま手にした手裏剣を投げたら、たまたま刺さってくれたようね」

果たして真冬は、成幸にとって実に都合のいい勘違いをしてくれたらしい。

「ふぅ……夜中に、無駄に体力を使ってしまったわ……」

溜め息交じりに、真冬は書庫の出入り口の方へと歩き始める。

そして、そのまま何事もなく出ていった。

「…………どうにか乗り切った、みたいだな」

扉が閉められた後、成幸もようやく物陰から出る。

「にしても……結局、秘伝の書はどこにあるんだ……？」

そして、首を捻った。

一先《ひとま》ず危機を脱しはしたが、結局のところ元の状況に立ち返っただけである。

「……とりあえず、片付けながら考えるか」

再び部屋の中を整理しながら、先程以上に慎重に書物を精査していく。しかし、やはり『秘伝の書』に該当《がいとう》するようなものは見当たらない。

（くっ……ここまで来て、まさか任務失敗に終わるのか……!?）

徐々に焦りが加速していく中……コツッと、何かを蹴《け》った感覚が足元に生じた。

「ん……？　あぁ、さっき城主さんが投げてきた巻物か……」

先程の光景を思い出し、苦笑しながらそれを拾う。

「………………って、あれ？」

何気なく、その表面に記載された文字列を確認し。

「ひ、『秘伝の書』……!?」

思わず、それを読み上げてしまった。

秘伝という割にはデカデカと書かれており、大変に自己主張の激しい代物《しろもの》である。確かに、これは見ればわかるだろう。「秘伝の書！　ってデカデカと書いてあるとか？」という文乃の予想が当たっていた形である。

「これか……！　けど、なんでさっきは見つけられなかったんだ……？」

一瞬疑問に思うが、状況を鑑《かんが》みると答えはすぐに導き出された。

「なるほど、さっき城主さんがいた端っこの方に転がってたのか……流石に、この短時間じゃ隅々まで掃除ってわけにもいかなかったからな……」

納得と共に、頷く。

この時。端的に言って、成幸は油断していた。敵地に潜入する緊張感、仲間を残してきていることに対する心配、なのに目的のものが見つからないという焦り……それらを乗り越え、ようやく任務達成条件を満たしたのだ。気が抜けるのも、無理からぬところではあるが……しかし、忍としてはあるまじきことであった。

更に、この時の成幸は運にも見放されていたと言えよう。

「迂闊。そういえば、見回りのついでに明日使う書物を取りに来たんだったわ……」

ちょうどそのタイミングで、ガラリと引き戸を開け真冬が再び書庫に入ってきてしまったのだから。

「「……あ」」

互いの顔を見て、双方同時にそんな声を上げる。

「「……っ！」」

一瞬の呆《ほう》けた時間を経て、我に返ったのもどうやら同時。

成幸が飛び退《の》くのと、真冬が壁に掛けられていた薙刀《なぎなた》を手に取るのもまた同時だった。

「曲者《くせもの》……！　ここまで来ていたとは！」

「うぉっ!?」

素早い踏みこみで振るわれた薙刀の刃《やいば》を、身体を反らすことでどうにか避ける。

「観念なさい！　やっ！　はっ！　ふっ！」

「うわっ!?　ちょっ!?　あぶっ!?」

裂帛《れっぱく》の気合いと共に薙刀を振るう真冬の姿は、堂に入ったものだった。明らかに、鍛《きた》え抜かれた太刀筋《たちすじ》である。

（ってか……この人、俺より強《つぇ》えな!?）

戦闘だけが主務ではないとはいえ、そして里の中では優れている方ではないとはいえ、

成幸の身体も忍としてそれなりには鍛えられている。そうそう一般人に遅れを取ることはないはずだったが……どうやらこの城主、『一般人』の枠《わく》には収まらない存在らしい。

(城主がこんな強いなんて聞いてないッスよ先輩!?)

必死で刃を避けながら、心中で上司に恨み言を吐く。しかし、そんなことで状況が改善されるわけもなく……成幸が追い詰められるまでに、さほどの時間は要さなかった。

「詰問《きつもん》。さぁ、城に潜入してきた目的を言いなさい」

成幸の首筋に刃を当てた状態で、真冬が冷たい視線と共に命じてくる。

「目的は……この、秘伝の書……です」

下手な嘘《うそ》をつくと即座に首を飛ばされそうな威圧感に、成幸は手にした巻物を軽く掲げてみせた。

「…………秘伝の書?」

少しの間を空け、真冬は小さく首を傾けた。

(なんだ……?　思ったより反応が薄いな……?)

頭領直々《じきじき》の依頼の品なのだから、価値あるものであるはず。それを狙われていたと知れば、てっきり烈火《れっか》の如《ごと》く怒ると思っていたのだが。彼女のリアクションには成幸こそが首を傾《かし》げたかったが、首に刃が当たっている状況ではそれもかなわない。

「ふむ……」

つい今しがたまで噴き出していた威圧感も、なぜだか少し弱まった。

次いで、真冬はさっと室内へと視線を走らせる。

少しだけ、その表情に驚きの色が混じったような気がした。

「時に、君……名前は？」

「え？　は、はぁ……唯我成幸ですが……」

突如話題が変わったことに、戸惑いながらも答える。

「そう。では、唯我君……私が先程出ていった時と、幾分室内が様変わりしているようなのだけれど。これは、君が？」

「あ、はい……俺が片付けましたが……」

質問の意図がわからず、その回答はちょっとビクビクしながらのものとなった。

「……………」

そこで真冬が、思案するような顔となったので尚更である。

「もしかして、さっき私が来る前にも？　その……元々は、少々散らかっていたような気

がしたのだけれど」

「そ、そうですね……少々、片付けさせていただきました……」

実際には『少々』どころのレベルじゃなかったことに思わず半笑いが浮かびそうになるが、気合いでそれを愛想笑《あいそ》いに変えた。

「……では、先程の……あの、虫についても君が？」

「ええ、まぁ」

愛想笑いを貼り付けたまま、今回も肯定《こうてい》。

「………………そう」

果たして、このやり取りに何の意味があるのか……成幸が、内心で疑問を浮かべる中。

「理解」

ふいに、首筋に突きつけられていた薙刀が下ろされた。

「持っていきなさい。城の警備も下がらせるから、これ以上城内で暴れないように」

「……は、はい？」

思わぬ展開に、成幸の頭上に大量の疑問符が飛ぶ。

「口止め料だと思いなさい」

しかし、それで話は終わりだとばかりに真冬は踵《きびす》を返してしまった。

（口止め料……っていうのは、このぐっちゃぐちゃだった書庫のことか……？　それとも、あの虫を怖がってたこと……？）

対象が明言されなかったが、思いつく心当たりなどそれくらいしかない。

「……あとは、謝礼」

次いで、小さく紡がれた声がかすかに成幸の耳へと届く。

「それから、あの子にもよろしく言っておいて。あまりこちらを利用するようなことは控えるように、とも」

今度は普通の声量で、一瞬だけ振り向いた真冬がそう言った。

そこからはもう前だけを見て、ズンズンと去っていく。

「え……？　あの……ど、どういうことでしょう……？」

サッパリ状況が理解出来ずに誰もいない空間へと問いかけるも、もちろんどこからも答えは返ってこなかった。

ともあれ。

真冬の言った通り、追っ手がかかることもなく、それどころか文乃・うるか・理珠と交戦状態にあった兵も引いていき。こうして……四人としては首を捻りつつではあったものの、とにもかくにも今回の潜入任務は幕を閉じたのであった。

…○△×…


「よぅ、おかえり後輩。目的のものは首尾よく手に入れられたようだな」

『秘伝の書』を手に報告に戻った成幸を、あすみがそんな言葉と共に迎えた。

「首尾よく……かどうかは。結局、城主さんに見逃してもらった形ですし」

叱責《しっせき》覚悟で、成幸は己の失態を報告する。

「ふっ。やっぱ、まふゆセンセのとこの守りは堅かったか」

しかしあすみは、そう言って僅《わず》かに笑っただけだった。

その表情には、何かを懐かしむような雰囲気が感じられ。

「真冬……センセ？」

そして、その呼称は大いに気になるものだった。

「あぁ、あの人には下忍時代色々と世話になってね。ま、師匠みたいなもんなのさ」

イタズラが成功した子供のように、あすみはその笑みをニンマリとしたものに変える。

「そういえば、最後に『あの子にもよろしく』って言われたんですけど……それって、もしかして……」

「そりゃ、アタシのことだろうね」

軽い調子で言って、頷くあすみ。

「ていうか……恩師の城に潜入させたってことですか……?」

「いい修行になったろぅ?」

その笑みのニマニマ具合が、更に深まる。

「って、つまり最初から俺たちに修行をさせるつもりで……!? 城主さんが言ってた、『利用するようなことは控えるように』ってのもそういうこと……!?」

今になってようやく、真冬の言葉の意味がわかってきた。

「じゃあ、この秘伝の書も特に必要なものじゃなかったってことですか……?」

「いや、それが欲しかったのも事実ではあるよ。たぶん、まふゆセンセに言えば普通に貸してくれたと思うけどさ」

成幸の手から巻物を受け取り、あすみはそれをポンポンと手の上で放って弄《もてあそ》ぶ。どう見ても、貴重品の類に対する扱いではなかった。

「いやー、最近凝りが酷《ひど》くってさー。頭領なんて堅苦しいことやるもんじゃないね。でも、ここに書かれてるストレッチ方法がよく効くんだこれが」

「ス、ストレッチ方法……」

そのしょうもない内容に、成幸としては地面に両手と膝をつきたい気分であった。

「結局全部、先ぱ……頭領の手の平の上だったってことですか……」

とはいえ、それも成幸たちの能力を伸ばすために計画してくれたことであろう。実際、あの厳重な警備を潜《くぐ》り抜けるのは良い経験となった。そう考えれば怒りは湧いてこないが、ただただ脱力する思いである。

「まぁな……あぁ、でも一つだけ予想外なこともあった」

「そうなんですか……?」

ふと何か思いついたような調子で言うあすみに、成幸は眉根を寄せた。

「まふゆセンセは、アタシんとこの忍だからって侵入者にやすやすと目的の物を持ち帰らせてくれるような人じゃねぇ。見つけた時点で、普通なら有無を言わさず追い出すはずさ。

そうされずに巻物を持ち出すことまで見逃してくれたってことは……そうだな、何かあの人に恩を売るようなことでもしたんじゃないか？」

「恩……ですか」

顎に指を当て、考える。

思い出すのは、『口止め料』という単語。

そして、その後に小さく紡がれた言葉だ。

「おっ、心当たりがありそうな顔だな。どんなことしたんだ？」

興味深そうに、あすみが成幸の顔を覗きこむ。

「それは……」

一瞬、言い淀《よど》んでから。

「秘密、です」

今度は成幸が、少しイタズラっぽく笑った。

「口止め料、貰《もら》っちゃったんで」

それに、お礼も……とは、心の中だけで付け加えておく。

「ははっ、そっか。なら仕方ないな」

あすみもそれ以上は聞いてくることなく、楽しげに笑うだけだった。

…○△×…

なんて出来事から、数日の後。

「後輩、任務だ」

「はっ！」

成幸は、またもあすみに呼び出されて恭しく頭を下げていた。

「行き先は、桐須城」

「えっ……？」

しかし、続く言葉に思わず呆けた顔を上げてしまう。

「あそこに……また、潜入ですか……？」

「いや、今度はちゃんと正面から入る許可を貰ってる。これ、返してきてほしいんだ」

と、あすみが差し出してくるのは例の『秘伝の書』だ。

「はぁ、構いませんが……」

それを受け取りつつも、成幸は釈然《しゃくぜん》としない思いを抱く。

「なんで自分が、って顔だな」

「えっ、いや……」

ズバリ内心を言い当てられ、言葉に詰まった。

「後輩、率直なのは人としては美点だと思うが……忍としては、もうちょい上手いこと感情を隠してほしいところではあるね」

「す、すみません……」

苦笑交じりで肩を竦《すく》めるあすみへと、再び頭を下げる。

「ま、確かにこんなお使い任務は下忍の中でも駆け出しのひよっ子にやらせるようなもんだからな。本来、上忍に回すような案件じゃない。けど、先方から指名が来ててさ」

「先方……って、城主さんですか？」

「あぁ、随分と気に入られたようじゃないか？」

勘ぐるように、あすみは苦笑をニマニマとした笑みに変化させた。

「いや、別にそんなことはないと思うんですけど……」

返したのは、心からの言葉である。

「まー何にせよ、だ。こないだの借りもあるし、これからもよろしくしたい相手だ。アタシにとっちゃ、恩師でもあるしな。悪いけど、ひとっ走り行ってきてくれないか」

「……はっ！」

疑問は残るが、任務は任務。それを受けることに、文句などあるわけはない。

むしろ、楽な任務なのであれば喜ぶべきことだと言えよう。


……なんて、思っていた。

そう……城に到着し、真冬直々に書庫へと迎えられるまでは。

「依頼。欲しい書物が見つからなくて……少々、手伝ってほしいのだけれど」

数日前には、確かに整然と並んでいた書物たち。

……そんな光景は、今やどこにも見られなかった。

成幸の目に映るのは、ただひたすらぐっちゃぐちゃに散らかっている光景のみである。

「いやいやいや……なんで、たかが数日で元に戻ってんですか……」

相手は、仮にも一国の城主。無礼な口利きなどもっての外《ほか》である。

が、成幸は思わずそうツッコミを入れてしまった。

「失敬ね、先日よりは随分片付いているでしょう？」

「えぇ……？」

真冬の物言いに、成幸は疑惑の目を室内に向け直す。

確かに言われてみれば……気持ち、多少、ほんの少しだけ、前回来た時よりはマシかもしれないという気もしなくはなかった。もっとも、成幸からすればそんなものは誤差の範囲でしかなかったが。

「巻物を届けるついでに、もう一つ極秘任務があると小美浪さんには伝えていたはずだけれど……その様子では、聞いていないのかしら？」

「えぇ、まぁ、そうですね……」

そこまで聞いていれば、この状況も予想出来ていたかもしれない。

ニンマリと笑うあすみの顔が脳裏《のうり》に浮かんだ。

もっとも、事前に予想出来ていようといまいと結局やることは変わらないのだが。

「……じゃあ、さっさと片付けを始めちゃいますか」

気持ちを切り替え、成幸は腕捲りをする。

「……って、どうしたんですか？」

そこで、真冬が意外そうな表情を浮かべていることに気付き軽く首を捻った。

「いえ……思ったより、あっさり納得するものだと思って」

「ははっ、これも任務ですからね」

片付けを始めながら、成幸は苦笑を浮かべる。

「それに、好きですから」

「んなっ……？」

既に視線を外していたため、真冬が酷く動揺した表情を浮かべたことには気付かない。

「掃除って、結構やりがいがあると思うんですよね。やればやるだけ、目に見える成果がありますし。綺麗になったのを見ると達成感が得られるっていうか」

「あ、あぁ……そういうことね」

それが、安堵したような拍子抜けしたような表情に変化したことにも。

「唯我君、つかぬことを聞くけれど……君、発言についてもうちょっと気を付けるように周囲から言われたりするようなことはない……？」

「えっ……？　確かに、下忍時代から付き合いのある連中にはちょくちょく言われますけど……よくわかりましたね？　どうしてですか？」

「宿題。それは自分で考えなさい」

「あ、はい……」

なんて会話を交わしながら、片付けるために手を動かす二人。

その間に流れる空気は、どこか和《なご》やかなものだった。


なお、以下は余談であるが。

当初はその冷たく見える美貌《びぼう》から、『氷の美城主』として人々に恐れられていた桐須真冬。しかしその優れた政治手腕によって桐須の土地を大いに富ませ、また領民のための施策を数多く実施したことで、後に良き領主として民から慕われるようになる。

そして。

その成功の裏には、彼女の信頼篤《あつ》い一人の忍の影があったとかなかったとか。

そんな噂が流れるようになるのは、もう少し先のお話である。

筒井大志

この度はぼく勉小説版『ぼくたちは勉強ができない　非日常の例題集』をお手に取ってくださってありがとうございます！

普段連載の方だと一応受験生という設定もあり、あまりトンデモ展開は入れづらいのですが（あれ？　意外とやってる!?）、こうした番外編のファンタジーや不思議要素いっぱいな展開は新鮮で、「ここも、このシーンも挿絵描いてみたい！」と悩んでしまうほど面白かったです！

挿絵といえば個人的に、普段の漫画原稿では線画までアナログ（紙とペン）で描いているのですが、今回初のフルデジタル作画にも挑戦できて楽しかったです！

また機会があったら挑戦してみたいなあ。

そんなわけで是非第二弾やりましょう！（笑）

はむばね先生、この度は素敵な小説を手がけてくださり本当にありがとうございました！

はむばね

どうも、はむばねです。

この度、『ぼくたちは勉強ができない　非日常の例題集』の小説本文を担当させていただきました。

週刊少年ジャンプは一読者として二十年来購読しているのですが、まさか自分がジャンプ作品に関われる日が来るとは、人生何が起こるかわからないものです。

もちろん『ぼくたちは勉強ができない』も連載開始時から読ませていただいており、その可愛いビジュアル、笑えてキュンと来るやり取りに惹かれ、アンケートハガキの『面白かったもの』の項目には毎回『ぼくたちは勉強ができない』を入れておりました。

そんな思い入れのある作品のノベライズに携われたこと、心より嬉しく思っております。

筒井大志先生、大変ご多忙の中、内容のチェック及び素晴らしいイラストの数々を描いていただきまして、誠にありがとうございます。また、担当R様はじめ編集部の皆様、一緒に本作を作り上げていただきまして誠にありがとうございました。

その他、本作の出版に携わっていただきました皆様、普段から支えてくださっている皆様、そして本作を手にとっていただきました皆様に、心よりの感謝を。

それでは、またお会いできることを願いつつ。

今回は、これにて失礼させていただきます。

■初出
ぼくたちは勉強ができない　非日常の例題集
書き下ろし

[ぼくたちは勉強ができない]非日常の例題集

2019年4月9日　第1刷発行

著　者／筒井大志 ◉ はむばね

装　丁／石山武彦 [Freiheit]

編集協力／神田和彦 [由木デザイン]

編集人／千葉佳余

発行者／鈴木晴彦

発行所／株式会社　集英社

〒101-8050　東京都千代田区一ツ橋2丁目5番10号
電話　編集部／03-3230-6297
読者係／03-3230-6080
販売部／03-3230-6393《書店専用》

印刷所／凸版印刷株式会社

Printed in Japan　　ISBN978-4-08-703474-5 C0093

検印廃止